Impressum

Autor: Michael Thomsen

www.michael-thomsen.jimdo.com

© 2024

Verlag: BoD • Books on Demand GmbH,
In de Tarpen 42, 22848 Norderstedt
Druck: Libri Plureos GmbH,
Friedensallee 273, 22763 Hamburg
ISBN: 978-3-7597-9528-1

Die Frau ohne Gesicht

eine Novelle

von

Michael Thomsen

Inhalt

Vorwort

Von unserem Wohnzimmerfenster aus kann ich fast bis auf die Buche schauen, an der der polnische, kriegsgefangene Zwangsarbeiter Pawel Bryk 1941 von Bürgern der Gemeinde, in der ich wohne, infolge einer Denunziation von irregeleiteten Menschen unter Ägide der Nationalsozialisten erhängt wurde. Erst in den 2000-er Jahren wurde die Geschichte sukzessive vom Bissendorfer Heimatverein und von Schülerinnen des Graf-Stauffenberg-Gymnasiums in Osnabrück aufgearbeitet. 2011 wurde im Ortskern ein Mahnmal errichtet. Und bei meinen Recherchen zu dem Fall STOLPERTE ich über die *Polenhure* Karoline Marie Gräbig, geborene Hockemeyer (1900 – 1967).

Insbesondere die Aufzeichnungen von Manfred Staub und dessen Erinnerungen in einem Gespräch haben mich inspiriert, meine Gedanken in den Fall einfließen zu lassen und daraus eine Erzählung zu generieren. Die Novelle, die die Ereignisse jener Zeit nachzuzeichnen versucht, orientiert sich dabei besonders an einem Zeitgeist, dessen Fallstricke heute wieder aktueller scheinen als je zuvor. Rassismus und Nationalismus, sowie Verachtung für Andersartige und Fremde, geschmückt mit Hasskommentaren in sozialen Medien finden vermehrt Eingang in das Denken vieler Menschen. Gleichwohl fand ich darüber hinaus in der Recherche zum Fall wiederkehrende Muster hinsichtlich des Umgangs mit Informationen einerseits und den zugrundeliegenden und den Umgang prägenden, Werthaltungen andererseits.

Ich habe Namen geändert, belassen oder weggelassen und noch mehr habe ich mir erlaubt, ein hohes Maß **dichterischer Freiheit** um die Geschichten des jungen polnischen Zwangsarbeiters und der „Polenhure" walten zu lassen, ohne auf die faktischen Eckdaten zu verzichten. Darüber hinaus habe ich mir erlaubt, einige Ausführungen und Redewendungen aus den Schriften von Manfred Staub[1] und Sebastian Weitkamp[2] fast wörtlich wiederzugeben, ohne sie als Zitat kenntlich zu machen. Auch dies sei der dichterischen Freiheit geschuldet und zugleich ein Lob auf deren Ausführungen.

Niemand weiß bis heute wirklich, und niemand hat es wohl je GEWUSST, wie die Beziehung der beiden Hauptdarsteller **tatsächlich** gewesen ist. Und für mich ist das aus heutiger Sicht auch völlig sekundär. Vielleicht ist es zu sexuellen Handlungen zwischen den beiden gekommen, aus damaliger Sicht wäre das in verschiedenerlei Hinsicht eine Sünde und ein Skandal zugleich gewesen. Wohl nicht ganz abwegig, aber es hätte vielleicht auch ganz anderes abgelaufen sein können. Eine andere **Version** der Geschichte wäre also genauso denkbar. Wollte ein Filmemacher die nachfolgende Novelle verfilmen, müsste er gezwungenermaßen auf Sexszenen verzichten, denn die hat auch damals niemand zu sehen bekommen. Vielleicht war Lina Gräbig wirklich ein Springinsfeld, der sich freier gebärdete und eigene Ansichten entgegen der offiziellen Moral ungeniert zum Besten gab, mit denen sie immer wieder aneckte. Ihre kaum zu bändigende Art und Unbekümmertheit mögen den einen

---

[1] Manfred Staub, in: de Bistruper, Hefte 13, 18, 28, 29, 31
[2] Sebastian Weitkamp: „Polenhure" – Lina Gräbig, Bissendorf und eine nicht gezahlte Entschädigung, in: Osnabrücker Mitteilungen 2012, Band 117, S. 159 - 172

angezogen, den anderen abgestoßen haben. In jedem Fall aber gereichte es ihr zum Schaden. Vielleicht gab es mit ihrem Ehemann eine gewisse Übereinkunft hinsichtlich dessen, was Lina sich erlauben durfte. Ihr Ehemann hat jedenfalls bis zum Tod zu seiner Lina gestanden.

Die Schrecken, die die Hinrichtung Pawel Bryks im Dorf hinterlassen haben, dauern noch bis heute an. Das Leid der „Polenhure" blieb dabei im Gegensatz zu Pawel Bryks Schicksal weitestgehend verdrängt und im Dunkeln. Sie hatte Demütigung, Gefängnis, Krieg und Konzentrationslager überstanden, Sohn und Ehemann verloren und lebte in den letzten Jahren unauffällig und zurückgezogen. Lina Gräbig blieb auch wegen der Vernichtung von Akten und Fotos durch die 1945 fliehenden Nazis im Nachhinein eine Frau ohne Gesicht, deren Leiden nicht erkannt wurde.

Ich will versuchen, ein mögliches Bild dieser Frau zu zeichnen, ihr ein Gesicht geben und Mut beweisen, sie als Liesel in einem neuen Licht dastehen zu lassen.

Bissendorf, im September 2024
Michael Thomsen

Die Personen

Michal K. (1915 – 1941)
Marek K. (Vater von Michal)
Olga (Stiefmutter von Michal)
Liesel Gnädig (1900 – 1961?)
Johann Gnädig (1925 – 1944)
Heinrich (Heinz) Gnädig (1899 – 1944)
Bauer Reitholt
Bäuerin Reitholt
Dürrer Polizist
Klobiger Polizist
Zimmermeister Wolpermann
Bürgermeister
SS-Mann
Dorfpolizist
Friedrich Kicker
Gestapo-Leute
Bauernführer Meyer
Ortsbürgermeister Breitner
Heinrich Kirchner
Pensionierter Polizist (Liesels Mieter)

Festnahme

Jemand musste Michal K. verleumdet oder denunziert haben, denn ohne, dass er sich zunächst irgendeines Vergehens bewusst werden konnte, wurde er eines Morgens im Februar 1941 festgenommen. Die Bäuerin hatte ihn noch nicht zum Frühstück gerufen und überhaupt war es still im alten Heuerhaus. Gerade wollte er nachsehen, was Ursache dieser merkwürdigen Stille auf dem Hof sei, da hörte er am Geräusch von Stiefeln auf den knarzenden Treppenstufen, wie jemand zu seiner Knechtskammer heraufkam und schließlich an die Kammertür klopfte.

Michal hatte sich rasch seine dicke Winterjacke übergeworfen und wollte die Tür öffnen, als diese plötzlich und ruckartig aufsprang und so heftig mit der Klinke an die Zimmerwand stieß, dass etwas Putz von dort auf die Bodendielen rieselte. Michal erschrak über die Heftigkeit dieser Aktion, dass er abrupt stehen blieb und zunächst auf die Krümel auf den Dielen herunterblickte und dann den Kopf hob, um zu schauen, wer da so rabiat und ohne Aufforderung seine Kammer zu betreten gedachte.

Zwei schwarzdunkelgrau uniformierte Herren in dicken Wintermänteln, einer breit und klobig, dahinter der andere, dürr in einer viel zu weiten Jacke, standen auf dem obersten Absatz der nach unten zur Tenne führenden Stiege und entboten den Führergruß.

„Mitkommen!" brüllte ihn der Klobige an.

Ohne zurückzugrüßen, blieb Michal K. wie versteinert stehen und sah erst dem Dürren auf seinen quadratischen Oberlippenbart und dann dem Klotz mit fragendem Blick unter die Augenbrauen.

„Wird´s bald! Der Boss wartet nicht ewig. Abmarsch!" schrie der Dürre nun mit heiserer Stimme in den Raum hinein, als sei noch jemand hinter Michal im Zimmer, was Michal bewog, sich nach hinten umzusehen.

Das wiederum schien dem Klobigen Anlass genug, seine schwarzen Stiefel in die Kammer zu setzen und Michals rechten Arm zu packen und zu sich zu ziehen, derweil der Dürre sogleich hinterhereilte, um sich des linken Armes zu bemächtigen. Dabei stieß er an einen schräg verlaufenden Dachbalken, verlor zudem seine Mütze und schrie einen kurzen Schmerzenslaut aus.

Die Kammer war klein, es gab nur das Bett, einen Schrank, einen Stuhl und einen kleinen Tisch mit einer Waschschale darauf. Über dem Stuhl hing ein Handtuch. Das Kämmerlein wurde durch eine kleine Luke recht spärlich mit dem Licht der aufgehenden Ost-Sonne bedacht. Noch immer lag Schnee draußen auf Hof und Feldern, der den Lichtschein der morgendlichen Sonne noch verstärkte. Der Dürre hatte kurz den Griff gelockert und sich nach seiner Mütze gebückt, während der Klobige nun mit einer Handschelle hantierte und bereits eine Fessel arretiert hatte. Michal wurde nun mit dem Oberkörper etwas nach unten gedrückt, so dass der Dürre dem Klobigen den linken Arm zuschob, um die zweite Fessel anbringen zu können.

„Warum?" fragte Michal.

„Das weißt du wohl selbst am besten," bellte der Stämmige und stieß ihn zur Tür.

Da die Stiege sehr steil war und nur schmale Trittflächen hatte, die ein Hinuntersteigen in Blickrichtung, also nach vorne gerichtet, kaum zuließ, umkurvte nun der Dürre die beiden und stieg rückwärts hinunter, während der andere Michal herumdrehte und an den Schultern hielt, damit er nicht auf den Dürren fiel, der seine rechte Hand nach oben an Michals Gesäß geführt hatte, da Michal wegen der gefesselten Hände sich nicht an den Tritten festhalten konnte.

Unten angekommen und mittlerweile leichenblass, schaute Michal sich mit rätselndem Blick auf der Tenne um. Niemand war zu sehen, der Frühstückstisch war verwaist. Im offenen Kamin glimmte noch das Herdfeuer unter dem Kessel und warf abwechselnd ein flackerndes Licht und Schatten an die Wände. Als er über die Schwelle des Heuerhauses nach draußen trat, sah er im blendenden Sonnenlicht mehrere Personen, die das Geschehen neugierig verfolgten. Er konnte nicht erkennen, wie viele Personen sich da trotz der Kälte eingefunden hatten. Aber er erkannte, wie der Bauer und der Knecht schweigend dastanden, während die Bäuerin mit einer Nachbarin tuschelte.

Michal schaute der Bäuerin ins Gesicht und wollte gerade etwas sagen, da drehte sie sich weg und wandte sich wieder der Nachbarin zu, die mit aufgerissenen Augen in Michals Richtung glotzte. Auch Liesel und ihr Sohn Johann standen bei den Leuten. Johann mit düsterer Mine und tief ins Gesicht gezogener Mütze wirkte steif, fast wie apathisch und verfolgte das Geschehen mit leicht offenem, staunendem Mund. Liesel machte er etwas hinter der Bäuerin, versteckt unter den Leuten, aus. Sie war aschfahl im Gesicht und schnäuzte sich mit einem Taschentuch die Nase. Ob sie weinte? Michal konnte es nicht erkennen.

Liesel war die Einzige unter dem Gesinde, die ihn bisher behandelt hatte, wie einen der ihren. Zwar behandelte der Bauer ihn im Großen und Ganzen und im Vergleich zu anderen Zwangsarbeitern gut, weil er zuverlässig war und gut arbeitete, aber vor allem die älteren Männer und die meisten Frauen zeigten ihm immer wieder ihre harte Seite durch einen meist brüllenden Befehlston oder durch demonstratives Meiden. Die meisten Dorfbewohner blieben distanziert und nahmen nur selten Kontakt zu ihm auf. Meistens erhielt er Aufträge und Befehle vom Bauern oder vom Bürgermeister. Die Knechte und Mägde blieben stets ein paar Schritte von ihm weg. Waren Kinder in der Nähe, eilten sogleich größere Geschwister herbei, um sie fortzuführen. Das alles machte ihm nicht viel aus. Er war gut beschäftigt und arbeitete gern. Er genoss es, wenn ihm Dinge besser von der Hand gingen als anderen Burschen.

Zu den Mahlzeiten kam er an einen Nebentisch und musste warten, bis die Familie fertig gegessen hatte. Vom Fleisch blieb meist nicht viel übrig, er aß sich dann vor allem am Brot satt und trank viel Milch. Seine Aufgaben waren klar geregelt und meist arbeitete er für sich.

Gelegentlich dachte er auch an Flucht, aber der Weg nach Polen war weit und sie hätten ihn schnell wieder eingefangen und hart bestraft oder sofort erschossen. Er betete vor dem Essen auf Polnisch. So konnten die anderen nicht verstehen, dass er ein rasches Kriegsende wünschte. Zur Erntezeit konnte er sich in den Trupp der Erntehelfer einreihen. Da erlebte er die Menschen des Ortes und die Leute vom Hof in ihrer authentischen Ehrlichkeit und gelegentlich wurde er auch in gemeinsame Handlungen wie selbstverständlich mit einbezogen. Das tat gut. Und er stellte fest, dass das Leben hier im Dorf sich eigentlich kaum von dem unterschied, was er auch von seiner Heimat Polen her kannte und dort erlebt hatte.

Die anderen Zwangsarbeiter lebten wie er in den bäuerlichen Familien und pflegten meist ein enges Verhältnis, sie arbeiteten schließlich zusammen und aßen gemeinsam an einem Tisch. Aber es gab auch einzelne, die ihre Kriegsgefangenen behandelten wie Arbeitssklaven, ganz nach den allseits bekannten Vorschriften. Sie hatten sich zu verhalten, als hätten sie keinerlei Bedürfnisse und wurden ständig mit viel zu schweren Arbeiten angetrieben. Es gab bereits erste Todesfälle unter den Zwangsarbeitern, die völlig entkräftigt und hinsichtlich zu geringer Kalorienzufuhr rasch Opfer von der Auszehrung und Infekten mit Todesfolge wurden.

Es tat Michal gut, wenn Liesel bei den Erntearbeiten mit dabei war und mit anpacken musste. Sie wagte es auch, Fragen an ihn zu richten, interessierte sich für seine Heimat, ob es dort auch so zuging beim Heueinfahren und Ernten, ob die Milch auch so weiß war wie von den deutschen Kühen, wo er so gut reiten gelernt hätte, und so weiter. In seinem mit deutlichem Akzent gesprochenen Deutsch gab er auch Auskunft, blieb aber meist kurz angebunden. Er mochte sie und sie mochte ihn, das war offensichtlich; offensichtlich aber wohl nicht nur für die beiden, sondern nach und nach für das gesamte Dorf.

Liesel erinnerte ihn an seine Stiefmutter in Polen. So wie seine Stiefmutter Olga, bekam Liesel, ob ihrer lebensfrohen und heiteren Art, stets einen spontanen Kontakt zu allen, auf die sie traf. Dadurch kam immer schnell gute Stimmung auf. Das gefiel Michal. Er selbst war eher schüchtern und zurückhaltend, schaute aber gerne dem geselligen Treiben unter dem Landvolk zu, gab auch gelegentlich einen kurzen Kommentar oder Scherz zum Besten, blieb aber in der Regel im Hintergrund und tat sich nicht hervor. Er überzeugte lieber mit Leistung und Können. Und das gefiel wiederum Liesel. In gewisser Weise ergänzten sie sich.

Da Liesel gerne scherzte und lachte, zog die so jung wirkende, hellhäutige und blonde Frau immer wieder die Aufmerksamkeit gerade der älteren Männer auf sich, die aber es gar nicht gern sahen, wenn Liesel sich auch dem jungen *Polacken* freundlich zuwandte. Besonders die älteren Männer, die nicht in den Krieg ziehen mussten, buhlten um Liesels Aufmerksamkeit, schoben ihr auch gern mal etwas Konfekt oder Schokolade zu, was die neununddreißigjährige Frau noch weiter darin bestätigte, mit ihren Späßen und Scherzen fortzufahren.

Mit Liesel hatte Michal gern gescherzt, das ja, und er hatte dabei auch für Momente seine Herkunft und seine Heimat vergessen. Aber sollte das den alten, geilen Böcken nicht gefallen haben, die ihr ständig hinterherliefen, die die lebenslustige Frau bei Dorffeiern und Schützenfesten immer wieder zum Tanz aufforderten, während der lungenkranke Ehemann am Tisch - für die Außenstehenden scheinbar trübsinnig - an seinem Bierglas nippte? Aber Heinrich war eben schwach und es war für ihn belanglos, ob seine Frau mit anderen gern tanzte. Er selbst konnte es nicht mehr, sollten die Leute denken, was sie wollten.

Und – was hatten die alten Männer (oder waren es doch mehr die Frauen?) davon, ihn wegen ein paar scherzhafter Reden anzuzeigen? Liesel stand sowieso nicht auf die alten Knacker. Waren sie neidisch, dass Liesel sich ihm gegenüber verhielt, als sei er Deutscher? Hatten sie ihn angeschwärzt? Ja! Immer wieder hatte sie sich ihm zugewandt und eine gewisse Sympathie, die sie offenkundig ihm gegenüber zum Ausdruck gebracht hatte, war allerdings für alle, die sie zusammen sahen, erkennbar. Liesel entsprach nicht dem Schönheitsideal der Zeit, aber sie war durchaus nicht hässlich, mittelgroß und schlank. Und sie verstand es durchaus, ihre weiblichen Reize in Szene zu setzen. Mit ihrer kecken und aufgeschlossenen Art kam sie besonders bei Männern gut an, bei den meisten Frauen aber rief diese unbekümmerte Art Neid und Missgunst hervor. Er jedenfalls mochte sie, mochte es, wenn sie Fragen an ihn richtete und seine blauen Augen fixierte.

Liesels Sohn war schon vierzehn Jahre alt und verstand sich zunächst ebenfalls gut mit Michal, was wiederum Liesel freute. Wie wissbegierig der Vierzehnjährige war? Johann himmelte den Polen anfangs geradezu an, wenn der ihm zeigte, wie man einen Gaul richtig führen konnte und ihn auch mal reiten ließ. Das wiederum beeindruckte Liesel und da ihr kränklicher Ehemann all das dem Jungen nicht bieten konnte, wuchs ihre Begeisterung für Michal von Mal zu Mal. Aber nach der Ernte im August und September war Johann zum örtlichen Führer der Hitler-Jugend ernannt worden. Der Junge fühlte sich geehrt und wollte seine Gönner nicht enttäuschen. Von den Parteioberen wurde er hinsichtlich der nationalsozialistischen Rassenlehre unterrichtet und bekam genaue Instruktionen, wie mit fremdrassischen Menschen, insbesondere mit Russen und Polen, umzugehen sei. Diese Rassen seien minderwertig und verlogen, ihnen dürfe nicht getraut werden. Schließlich glaubte auch Johann bei Michal etwas von dieser Verlogenheit zu erkennen. War der nur so nett zu ihm, um seine Mutter ins Bett zu kriegen? Das behaupteten zumindest einige der anderen Jungen, die eben solches Geschwätz in den eigenen Familien aufgeschnappt hatten. Das Misstrauen in Johann wuchs und ebenso kühlte mit dem einbrechenden, harten Winter das Verhältnis merklich ab.

Mittlerweile hatten die beiden Polizisten Michal durch das Hoftor bugsiert. Der Klobige hatte den Leuten am Wegrand noch zugerufen.

„Was glotzt ihr so blöd? Geht an die Arbeit!"

Die beiden Uniformierten hatten Michal in ihre Mitte genommen und stießen ihn gelegentlich zum rascheren Fortgehen an. Noch einmal wagte Michal einen Blick über seine rechte Schulter und wäre dabei fast gestolpert. Nur kurz nahm er wahr, wie der Bauer und das übrige Gesinde näher zusammentraten und aufgeregt miteinander sprachen.

Was konnte der Anlass eines solchen Vorgehens sein? Michal war sich keiner Schuld bewusst. Er hatte nicht gestohlen, stets und zur äußersten Zufriedenheit des Bauern seine Arbeit getan. Aber als Kriegsgefangener, dessen Deutsch zwar ganz passabel war, hatte er keinerlei Rechte.

Das machte eine Verteidigung erst mal völlig aussichtslos. Er verstand sich eigentlich mit den Leuten im Dorf, hielt sich aus Gesprächen und Zusammenkünften weitgehend heraus und hatte nie ein böses oder lautes Wort an einen der Dorfbewohner gerichtet. Wodurch hatte er das Missfallen der Behörden erregt? Wer hatte über ihn Dinge verbreitet, die nur dazu dienten, ihn schlecht dastehen zu lassen? Wieso musste er den beiden Röcken folgen?

Die beiden Schwarzröcke an seinen Seiten führten ihn mit festem Griff an den Oberarmen die Dorfstraße entlang. Die Gesichter der Dorfbewohner, denen das Trio begegnete, verrieten eine gewisse Neugier und sie schauten dem befremdlich wirkenden Trupp lange nach. Gab es sonst hin und wieder jemanden, der ihn kurz ansprach und grüßte, wenn er allein des Weges kam, senkten die Leute diesmal verschämt den Blick.

„Wo bringt ihr mich denn hin?" fragte Michal, aber die beiden Gesellen schwiegen.

Die Ungewissheit dessen, was ihm widerfahren sollte, marterte sein Gehirn. Konnte er sich überhaupt fair verteidigen, wenn nicht klar war, wessen er angeklagt wurde? Hätten seine Rechtfertigungen und Entgegnungen Aussicht auf Erfolg? Wofür sollte er bestraft werden oder ging es gar nicht um Strafe? Wofür auch? Was in aller Welt hatte er verbrochen? Oder sollte er einfach nur in eine andere Gemeinde umgesiedelt werden? Bei den Deutschen wusste man nie genau, was sie vorhatten.

In Schlesien

Im Ortsteil Grabow der Gemeinde Stubendorf in Schlesien war Michal K. im Januar 1915 als Sohn des aus dem Osten Polens zugezogenen Landwirtschaftsgehilfen Marek K. zur Welt gekommen. Schon früh durfte er auf dem elterlichen Heuerhof mitarbeiten und bewies schon als Sechsjähriger ein Händchen für das Vieh und für die Pferde in den Ställen der umliegenden Bauernhöfe. Im Gegensatz zu seiner Schwester ging Michal nur ungern zur Schule, wo er den in Deutsch gehaltenen Unterricht nur schwer folgen konnte. Dennoch schaffte der aufgeweckte und körperlich robuste Junge die jeweiligen Versetzungen in die nächsthöheren Klassen.

Bei einer Volksabstimmung im März 1921 stimmten nur wenige Wahlberechtigte des Dorfes für einen Verbleib bei Deutschland und fast 70 Prozent für Polen. Grabow verblieb dennoch beim Deutschen Reich, weil die anderen schlesischen Gemeinden sich zu fast 70 Prozent für den Verbleib im Deutschen Reich entschieden hatten. 1936 wurde der Ort im Zuge der Germanisierung schließlich in Weißbuchen umbenannt. Konfessionell etwa zahlengleich und stark landwirtschaftlich geprägt, neigten die Bewohner des Örtchens ansonsten nicht zu übermäßiger Aufruhr oder Zwistigkeiten. Man sprach im Allgemeinen Deutsch und gleichwohl pflegten viele polnischstämmige Schlesier zu Hause weiterhin ihre Muttersprache.

Als Michal 14 Jahre alt geworden war, hatte sein Vater den Sohn in das Heimatdorf des Großvaters zur Ausbildung geschickt. 1932 kam Michal zurück nach Grabow und half die nächsten vier Jahre tatkräftig auf dem Hof des Vaters mit. Die Mutter verstarb plötzlich wenige Wochen nach Michals Rückkehr infolge eines schweren fiebrigen Infekts. Der Vater machte schon bald einer der Mägde des benachbarten Bauern den Hof. Michal sah die neue Liaison angesichts des doch großen Altersunterschieds der beiden kritisch, aber die Stiefmutter erwies sich als fleißig und ihm wohlwollend zugewandt.

Als Michal volljährig wurde, sollte er zum Militärdienst eingezogen werden. Bisher hatten sich die Familie K. den Anwerbungen der Deutschen im Hinblick auf Eindeutschung oder zum Eintritt in die SA erfolgreich widersetzen können. Mareks Herz schlug immer noch polnisch und sein Sohn folgte dem Vater meistens in dessen Ansichten. Die beiden kamen überein, dass Michal nach Polen gehen und dort den Dienst an der Waffe ablegen sollte. Der Vater war mittlerweile auch schon im sechzigsten Lebensjahr und er würde die Hilfe durch den Sohn zwar sehr vermissen, aber ein Dienst bei den Deutschen kam gar nicht in Frage.

Zwei Jahre später kam Michal aus dem Heimatland seines Vaters zurück. Die deutschen Nachbarn sahen argwöhnisch auf den jungen, gutaussehenden Mann, der - noch in polnischer Uniform - den Weg durchs Dorf marschierte.

Einen Kilometer südwestlich von Stubendorf befand sich ein Einsatzhafen der Luftwaffe. Dieser wurde ab 1939 als Landeplatz genutzt und später zu einem Fliegerhorst ausgebaut. Der Familie K. wurden dabei im Zuge der Ausbauplanungen kurzerhand ein paar Hektar weniger zur Bewirtschaftung überlassen. Das stachelte die Wut des Vaters auf die Deutschen noch weiter an.

Als am 1. September 1939 der Zweite Weltkrieg mit dem Einmarsch deutscher Truppen in Polen begann, war Michal 24 Jahre alt. Die mehrheitlich deutschsprachigen Schlesier waren ebenso von der nationalsozialistischen Propaganda beschallt worden wie im Rest des deutschen Reichs und sahen in den polnisch sprechenden Nachbarn zunehmend etwas Minderrassiges oder neideten ihnen Erfolge hinsichtlich landwirtschaftlicher Erträge. Da half auch nicht, dass junge Männer blond, blauäugig und gutaussehend, eher dem Klischee des nordischen Helden entsprachen.

Die polnische Sprache, die auf Zusammenkünften aller Art wie Volksfesten oder beim öffentlichen Markt an ihre Ohren drang, beleidigte den Stolz der deutschen Nation. Und diese Nachbarn zeigten in Erinnerung an die polnische Uniform des jungen K. diesen bei den deutschen Behörden an. Wenig später wurde Michal verhaftet und zur Zwangsarbeit nach Westdeutschland verurteilt und abtransportiert.

Da Arbeitskräfte aller Art im deutschen Reich händeringend gebraucht wurden, nahmen die Polizisten seine Schwester ebenfalls mit, damit diese dem deutschen Volk nützlich und zu Diensten sein konnte. Michal galt fortan, ob seiner polnischen Herkunft, als Kriegsgefangener, ebenso der Vater, der ab sofort der Wehrmacht seine Erträge zuzuführen hatte.

Weltkriegsinvalide

Freiwillig und wie viele andere seiner Nachbarn und Freunde war er voller Begeisterung als Achtzehnjähriger in den Krieg gezogen und erlebte an der Westfront die Hölle auf Erden. Chlorgas hatte ihn fast getötet, aber zwei Kameraden hatten ihn bei Verdun aus dem Schützengraben gezogen, bevor die näher rückenden Franzosen ihm mit dem Bajonett den Rest hätten geben können. Als Kriegsinvalide kam der Hildesheimer Schlosser Heinrich Gnädig im Spätherbst 1917 zur Rekonvaleszenz in ein kleines Lazarett eines Dorfes bei Osnabrück. Aber seine Lunge war derart geschädigt, dass kaum noch Hoffnung bestand, dass er jemals wieder völlig gesund werden würde. Er galt fortan als Kriegsinvalide des Weltkrieges.

Seine einstige Begeisterung hatte sich ins Gegenteil verkehrt, die Schrecken des Krieges hatten ihn misstrauisch gegenüber Obrigkeiten aller Art werden lassen. Er begann, die Nachrichten so weit wie es ihm möglich war, zu verfolgen und besorgte sich Bücher, begann zu lesen, denn das konnte er ohne größere Anstrengung bewältigen. Im Stahlwerk gab es auch ganz andere Stimmen, die damals von Republik, Revolution und Sozialismus sprachen. Wer hatte nun recht? Er fand sich im Dschungel der unterschiedlichen Meinungen nicht mehr zurecht. Vielmehr bewegten ihn Fragen, die sein persönliches Leben betrafen. Würde er je wieder arbeiten können? Wie sollte es weitergehen? Wovon sollte er leben?

Würde sein Leben noch Sinn ergeben oder sollte er einfach aufgeben?

Schon zwei Wochen nach seiner Ankunft im Lazarett hatte sich sein Zustand zusehends verschlechtert. Mit dem Kriegsende erholte er sich dann doch ein wenig und las wieder vermehrt. In den Schriften von Carl Sternheim und August Bebel erkannte er einen neuen, kritischen Zeitgeist, der ihm einen völlig neuen Blick auf die bürgerliche Gesellschaft und die Rolle der Frau vermittelte. Dennoch blieb er angepasst, aber weiter arbeitsunfähig und die ständige Luftnot und das Husten quälten ihn über Gebühr.

Er hatte schon alle Hoffnung aufgegeben, aber dann kam eines Tages ein Engel zu ihm in den Bettensaal. Die junge Frau sprühte geradezu vor Leichtigkeit und Unbedarftheit und verbreitete bei den Bettlägerigen gute Laune. Vermehrtes Gelächter erfüllte den Saal. Auch Heinrich musste stets lachen, wenn Liesel ihre kecken Sprüche von sich gab. Dabei bekam er immer wieder Hustenanfälle und er musste speien. Doch sein Zustand besserte sich. Er konnte es kaum erwarten, wenn das kecke Fräulein zum Dienst erschien. Ihm gefielen die Spontanität und die selbstbewusst wirkende, beinah freche Art des Fräuleins, das keinen Unterschied machte, wenn es um die Fürsorge der Invaliden ging; sie behandelte alle gleich freundlich, trug niemandem etwas nach, pfiff auf gewisse Konventionen und gab auch schon mal kräftige Widerworte, wenn ihr etwas nicht passte.

Heinrich las gerade vertieft in Bebels Buch „Die Frau und der Sozialismus", als Liesel unvermittelt nach dem Buch griff und es mit einem ihn überraschenden Ruck an sich nahm. Sie sah auf die Seitenzahl, klappte das Buch zu, hob es mit beiden Händen empor und las den Titel des Buches laut vor.

„Die Frau und der Sozialismus! - Unser Herr Gnädig ist wohl ein kleiner Revolutionär, was?"

Heinrich stockte der Atem, aber er brachte keinen Laut der Widerrede heraus. Seine Empörung blieb ihm beim Anblick des Fräuleins im Halse stecken. Das wiederum machte das kecke Fräulein etwas verlegen, weil sie sofort erkannte, wie übergriffig sie geworden war und es tat ihr umgehend leid, wie verlegen sie den Mann vor ihr vor all den anderen im Saal gemacht hatte und schob sogleich nach:

„Na ja, endlich mal ein Herr, der versucht uns Frauen zu verstehen. Muss ja nicht gleich Revolution sein, nicht wahr, Herr Gnädig!"

Sie lachte und gab ihm das Buch zurück.

„Seite 74," rief sie beim Weggehen ihm noch zu.

Er schlug die Seite auf und sein Blick blieb minutenlang dort hängen, ohne dass er eigentlich las. Die Szene hing in seinem Kopf nach. Und er hoffte, dass nun nicht die anderen Invaliden ihn wie gebrandmarkt als einen Kommunisten ansahen, auf die war man hier im Dorf und im Lazarett nämlich gar nicht gut zu sprechen. Darum hielt er sich sehr zurück.

„Was schreibt denn der Bebel da so über uns Frauen?"

Liesel stand am nächsten Tag unverhofft an seinem Bett und schaute ihn neugierig an. Heinrich blickte sich kurz um. Zum Glück waren die beiden gerade unter sich.

„Na ja, ne ganze Menge! Der meint, dass die Männer nicht schon immer das bestimmende Geschlecht gewesen seien; er glaubt, dass die patriarchische Gesellschaft erst später entstanden sei und vorher ein Mutterrecht bestanden habe…"

„Patrichiarat?" fiel ihm nun Liesel ins Wort.

„Nein - Patriarchat! Das meint die Vorherrschaft des Mannes."

„Ach so, warum sagt er das nicht gleich. Ich jedenfalls, lass mir von euch Kerlen sowieso nichts sagen, da könnt ihr noch so laut schreien. Mutterrecht hin oder her - Frauenrecht – müsste es heißen."

Die Unbekümmertheit dieser Göre gefiel Heinrich und in den folgenden Tagen und Wochen kam es denn häufiger zu einem einerseits lustigen, aber stets auch ehrlichen Wortwechsel der beiden.

Heinrich ging es einige Wochen später wieder so gut, dass er in der Lage war, einer leichten Arbeit nachzugehen.

Schließlich erhielt er auch eine Anstellung als Schlosser im städtischen Stahlwerk. Dabei ließ er aber den Kontakt zu Liesel nicht abbrechen und lud sie zu sich ein. Die beiden philosophierten und lachten zusammen und eines Abends dann, kam es auch zu Zärtlichkeiten und zu Heinrichs Überraschung machte Liesel dem Schlosser ein paar Wochen später ein Heiratsangebot.

Sie sei nicht die schönste und begehrenswerteste Frau im Dorfe, viele schrecke ihre offene Art ab, das wisse sie sehr wohl, aber ihr sei eine gewisse Freiheit wichtig, sie wolle den Mut behalten, nicht alles glauben und machen zu müssen, was andere für erforderlich hielten oder als gesetzmäßig ansahen. Ihre Mutter habe es schon nicht leicht gehabt, die selbst als Pflegekind aufgewachsen, sie selbst unter schwierigsten Umständen zur Welt bringen hatte müssen und unter argwöhnischen Blicken von Nachbarn und Verwandten hätte sie selbst sich durchsetzen müssen, ob ihrer vorlauten Art.

Sie habe ein Stück Land geerbt und wolle mit ihm ein Haus bauen und die Ehe mit Heinrich eingehen. Sie selbst könne gut zupacken und beim Hausbau mithelfen. Es gebe genug männliche Helfer, die sie dabei um Hilfe bitten könne.

„Ich will es gern mit dir versuchen," raunte Heinrich ihr zu und gab ihr einen Kuss.

Ein Jahr später heirateten sie und schmiedeten Pläne zum Hausbau. Noch bevor sie damit aber beginnen konnten, kam ihr Sohn Johann zur Welt und Liesel half wieder vermehrt als Magd auf dem benachbarten Hof des Bauern Reitholt aus. Als Johann in die Schule kam, begannen sie mit dem Hausbau und zogen dort schließlich ein paar Jahre später ein.

Heinrich hatte beim Bau des Hauses neben seiner Tätigkeit beim Stahlwerk viel Kraft gelassen und schon bald nach dem Einzug verschlechterte sich sein Gesundheitszustand zusehends. Er hatte deutlich abgenommen und hustete wieder vermehrt. Er sah vorgealtert aus. Alle hielten ihn für deutlich älter als er tatsächlich war.

Einer Gruppe von Sozialdemokraten, die das kulturelle Leben des Dorfes nach dem ersten Weltkrieg mitgeprägt hatten, hatte sich Heinrich, als es ihm gerade besonders gut ging, zeitwiese angeschlossen. Er blieb dann aber den Treffen doch wieder fern, als sich sein Gesundheitszustand verschlechterte.

Die durch Hindenburg ermöglichte Machtergreifung im Jahr 1933 hatte er mit großem Unbehagen verfolgt. Viele seiner Arbeiterkollegen im Stahlwerk, die einstmals den Sozialdemokraten oder den Kommunisten zugetan waren, hatten das Lager nach Rechtsaußen gewechselt. Heinrich hatte die Reden der Nationalsozialisten in Zeitung und später im Rundfunk verfolgt und blieb, trotz des Rückgangs der Arbeitslosigkeit, dennoch skeptisch. Der letzte Krieg hatte ihm fast das Leben, zumindest aber eine bessere Zukunft und die Gesundheit, gekostet. Die Reden des Führers rochen nach Krieg wie das Chlorgas, das ihm nun ein kräftigeres Zupacken und Standhalten erschwerte.

Die Nationalsozialisten hatten im Dorf schon früh eine starke Position erringen können. Dem Ortsgruppenleiter des Dorfes konnte ein gewisses Redetalent nicht abgesprochen werden und er verstand es stets, seine Zuhörer an seine Lippen zu fesseln. Und auch der Bürgermeister war begeisterter Anhänger des Führers und war als einstmaliges Mitglied der Zentrumspartei in die NSDAP eingetreten.

Heinrich erkannte schon früh die Radikalität der Hitler´schen Reden, mit der dieser trotzdem (oder gerade deswegen) die Massen begeisterte und sah auch, dass selbst Männer, die den Nationalsozialisten nahestanden oder gar in die Partei eingetreten waren, den totalitären und auf Krieg hinzielenden Charakter des Regimes nicht erkannten. Oftmals zeigte sich durch viele Familien hindurch eine Spaltung in den Ansichten. Die Älteren blieben oft noch lange skeptisch, die Jüngeren, die leicht entflammbare Jugend wie Johann, ließen sich „begeistern", um am Ende sich innerlich aufgerufen zu fühlen, für die nationale Ehre sich mit dem eigenen Leben einzusetzen. Heinrich fühlte sich rückerinnert an seine eigene Begeisterung für seinen Einsatz als Soldat im Krieg von 1914 bis 1918.

Die allgemeine militärische Aufrüstung und das aggressive Gebrüll der Nazis gefielen Heinrich überhaupt nicht, aber er schwieg zu den Vorgängen, darauf bedacht, im Umkreis dieses neuen Zeitgeistes ob seiner Behinderung nicht sonderlich aufzufallen, denn er hatte gehört, dass die Nationalsozialisten nicht davor zurückschreckten, Menschen mit Behinderung zu „erlösen".

Liesel blieb trotz aller Widrigkeiten weiter lebensfroh gestimmt, ganz die Alte. Politik interessierte sie nicht. Zwar bedauerte er etwas ihre politische Enthaltsamkeit, die sie allerdings mit vielen teilte, andererseits tat ihm das gut, denn sie heiterte ihn immer wieder mit entfernteren Themen auf. Dennoch machte ihm das Lungenleiden schwer zu schaffen und er konnte ihr nicht mehr das bieten, was sie begehrte. Er selbst war meistens so schwach und luftnötig, dass er sich immer weiter zurückzog. Nur selten kam es mit Liesel noch zu intimeren Handlungen, zu groß war seine Luftnot und trotz seiner durchaus noch vorhandenen Lust, hatte er Angst, dass sein Herz während des Geschlechtsaktes stehenbleiben könnte. Das wollte er sich und ihr dann doch ersparen.

Er selbst sprach es dann ihr gegenüber eines Tages aus, was ihn beschäftigte und was ihn von geschlechtlicher Lustbefriedigung ihr gegenüber zurückhielt. Dass er ihr nicht böse sei, wenn sie mit anderen Männern Spaß habe, er wäre nicht eifersüchtig und gönne ihr ihre Vergnügungen, zumal er ihr nicht mehr in allen Dingen gerecht werden könne. Liesel war sehr gerührt, ob des toleranten und liebevollen Geistes, der durch Heinrich zu ihr sprach. Sie dankte ihm und versprach, dass sie ihm es beichten würde, wenn sie mit anderen Männern etwas habe.

Liesel ließ sich zum Glück für Heinrich aber so oder so nichts verbieten und eckte mit ihrem Verhalten immer wieder bei den Leuten im Dorfe an. Der Bauer Reitholt schätzte dennoch ihre lebensfrohe Art, denn er war darüber hinaus mit ihrer Arbeitsleistung stets zufrieden; sie konnte gut zupacken und war fleißig und verbreitete meist eine gute Stimmung. Da war es ihm egal, wenn sie nicht zur Kirche ging oder mit älteren Männern scherzte und auch mal ausging.

„Wie es gemacht wird, ist mir einerlei. Was am Ende hinten herauskommt, ist entscheidend." Das war seine Devise.

Heinrich Gnädig musste sich immer häufiger krankmelden und so folgten nach entbehrungsreichen und kräftezehrenden Zeiten Jahre ohne ausreichendes Einkommen. Liesel schlug vor, Zimmer zu vermieten. Mit den Einnahmen aus den Mietverträgen konnten sie sich notdürftig über Wasser halten. Als dann im Herbst 1939 der

Krieg ausbrach, schaffte Heinrich es nur noch selten, das Haus zu verlassen. Liesel und der Junge kümmerten sich aber liebevoll um ihn.

Wie fast alle Jungen des Dorfes machte auch Johann mit bei der Hitler-Jugend und es freute Heinrich, dass er dort Anerkennung und Bestätigung fand. Trotz aller Vorbehalte gegenüber dem nationalsozialistischen Geist, der dahinterstand, begrüßte er sogar die Tätigkeiten und die körperlichen Ertüchtigungen der Jugendlichen in den Zusammenkünften und den Zeltlagern. Nicht jedes Mittel sei falsch, es komme doch auf das richtige Ziel an und körperliche Ertüchtigung könne niemals von Schaden sein, dachte er.

Zwangsarbeiter

Nur wenige Tage nach Beginn des Polenfeldzuges im Jahr 1939 kamen die ersten Zwangsarbeiter wie in vielen anderen Teilen Deutschlands in das beschauliche Dorf im Südwesten Niedersachsens. Viele Knechte und erwachsene Bauernsöhne auf den Höfen der deutschen Regionen waren als Soldaten abkommandiert. Es gelang noch gerade die Ernte einzubringen, aber es fehlte an Arbeitern für die Forst- und Viehwirtschaft im Winter. Michal wurde bei den Reitholts einquartiert und verschaffte sich schon sehr bald einen guten Ruf als geschickter Landarbeiter. Auch seine jüngere Schwester war im Ort bei einem Gastronomen untergekommen. Mit den Pferdegespannen, die die Buchenstämme aus den umliegenden Wäldern herauszogen oder die heu- und strohbeladenen Wagen zogen, wusste er umzugehen wie kein anderer.

Reitholt war überaus zufrieden mit dem Polen, aber das zugewandte Gebaren von Liesel gegenüber dem Zwangsarbeiter beachtete er zunehmend mit Sorge, denn die Parteigenossen hatten auch ihm gegenüber sehr klar zum Ausdruck gebracht, dass jeglicher freundschaftlicher oder gar intimer Umgang mit den Minderrassigen unter Strafe stand. Er traute sich nicht, seine Magd darauf anzusprechen. Ihre schlagfertige Art irritierte ihn und so überließ er seiner Frau gern die Wortführerschaft gegenüber Liesel, die Liesel dann endlich mal an die Seite nahm und zu maßregeln versuchte, aber darauf reagierte Liesel äußerst trotzig.

„Was ich nicht weiß, macht mich nicht heiß," sprach Reitholt gelegentlich zu sich selbst und dann zu seiner Frau, um sich zu beruhigen, und blendete dabei aus, dass Andere etwas wissen könnten. Wenn ihm doch wieder Zweifel kamen, beruhigte er sich mit einfachen Sprüchen.

„Wo kein Kläger ist, ist auch kein Richter," sprach er dann.

Schlimm war am Ende nur, dass es den einen, den „Kläger", gab und den anderen, den Richter, nicht.

Bevor der junge polnische Kriegsgefangene auf den Hof des Bauern kam, hatte der Zimmermeister Wolpermann Liesel den Hof gemacht. Liesel profitierte in den entbehrungsreichen Zeiten durchaus von den Vergünstigungen und Zuwendungen durch den Zimmermeister und auch das eine oder andere Mal durch andere Männer, die ihr beim Hausbau dienlich waren und die sich ein Tête-à-tête mit ihr ersehnten.

Wolpermann wusste um den schlechten Gesundheitszustand des Ehemannes, der noch tagsüber im Stahlwerk der Stadt arbeitete, aber in letzter Zeit immer wieder krank ausfiel. Als es dem Schlosser wieder mal besser ging und er tagsüber im Stahlwerk zu Arbeit gehen konnte, lud Wolpermann sie ein, mit nach Osnabrück zu fahren, in der Hoffnung, bei ihr landen und sie zu einem kleinen Seitensprung überlisten zu können. Zu seiner großen Überraschung stimmte Liesel zu, die es nicht wirklich ernst nahm und darin wiederum mehr einen ihrer vielen Späße sah, bei denen sie sich amüsieren und ein wenig für sich herausschlagen konnte.

Obwohl verheiratet und Vater von zwei Kindern, hatte Wolpermann ihr zugeflüstert, dass ihr kranker Ehemann es wohl nicht mehr lange machen würde, ob sie schon mal an später gedacht habe, er sei gern bereit, sie als Witwe zu trösten. Liesel fühlte sich geschmeichelt, weil der alte Wolpermann ihr gewissermaßen einen Antrag gemacht hatte, aber sie wusste auch, dass er die in Aussicht gestellte Liaison nicht würde einhalten können oder sie gar ehrlich meinen konnte. Dass überhaupt Männer auf sie standen, gefiel ihr allerdings sehr, es stärkte ihr Selbstbewusstsein, sie fühlte sich geschmeichelt. Sie sagte nichts auf die Worte des alten Kerls und ließ ihn mit einem, gewissermaßen unausgesprochenen, „Vielleicht" zurück.

Tatsächlich wollte Liesel ungern auf die Zuwendungen des Alten verzichten. Der Hausbau hatte Kraft und Geld gekostet. Da halfen die kleinen Geschenke der Männer, die das Unbedarfte und geradezu Jugendhafte ihres Wesens liebten und ihr geradezu nachstiegen, durchaus den Haushaltstisch ein wenig mit Leckereien anzureichern. Sie blieb dem Zimmermeister gegenüber vage und sah zudem nichts Verwerfliches darin, sich auch mal von einem älteren Herrn ausführen zu lassen, zumal ihr eigener Gemahl dazu gesundheitlich und aus wirtschaftlichen Gründen nicht in der Lage war. Heinrich wusste aus den Gesprächen mit seiner Gattin, dass sie sich einen Spaß daraus machte, die alten Kerle zu umgarnen. Schließlich war sie noch jung und wollte das Leben noch etwas genießen und er gönnte ihr den Spaß.

Liesel hatte sich schließlich einverstanden erklärt, von Wolpermann einmal „ordentlich ausgeführt" zu werden. Sie hatte sich schick zurecht gemacht und trafen sich in der Stadt und ließen nach einem ausführlichen Bummel und einem Besuch im Restaurant noch bei einem bekannten Fotografen ein Foto machen. Der Fotograf glaubte, es mit einem Ehepaar zu tun zu haben und hielt das Foto für besonders gut gelungen. Er stellte es daher später, ohne das Wissen der Beteiligten, zu Werbezwecken in sein Schaufenster.

Und es kam, wie es kommen musste: Eine Dorfbewohnerin hatte bei einem Einkauf in der Stadt das Foto gesehen. Die Nachricht von dieser Entdeckung durcheilte das Dorf und nicht wenige, die in der Stadt zu tun hatten, machten einen Abstecher zum Fenster des Fotografen, um sich das Bild des sündigen Paares anzusehen.

Damit begann dann das, was fürderhin die Blicke auf diese Magd rahmte. In jeder Geste und jedem Blick von Liesel wurde Verlogenheit und eine verdorbene Lüsternheit herausgelesen. Nachdem die Geschichte mit dem Fotografen im Dorf bekannt geworden war, hatte sich Wolpermanns Leidenschaft für die Magd des Bauern Reitholt dann rasch merklich abgekühlt. Liesel machte sich nicht viel aus dem Gerede im Dorf, aber Wolpermann bekam nun deutlich

Wind von vorne, erschrak auch über den Aufruhr, den sein Ausflug in die Stadt nach sich gezogen hatte und stellte die Bewerbungen um Liesels Gunst gänzlich ein.

Der Pole Michal K. hatte im Gegensatz zum Zimmermeister Wolpermann, wenn er bei der Feld- und Hofarbeit mit Liesel zusammentraf, nichts zu verschenken als seine leuchtend blauen Augen, die diese aufsog wie einen Schwamm. Ihre Blicke, die immer wieder auf den geschickten Landarbeiter aus Polen trafen, blieben natürlich den vielen Neidern nicht verborgen und es regte ihre Fantasie nur weiter an.

Nach einem strengen Winter folgte ein Sommer mit schwerer Arbeit auf den umliegenden Feldern. Michals Leistungen wurden nicht allein vom Bauern Reitholt gewürdigt, sondern auch die anderen Leute im Dorf blickten mit einer seltsamen Mischung aus Anerkennung und Neid auf das Können des jungen Mannes. Zu den Festen des Dorfes durfte Michal allerdings nicht mitgehen; ihm wurde die Beaufsichtigung des Hofes angetragen und er vertrieb sich die Zeit damit, dem Hofhund Stöckchen zuzuwerfen. Den Anweisungen der Partei und der Vollzugsorgane hatten alle Dörfler gehorsam Folge geleistet.

Verhör

Jemand hat mich also bei der Polizei angeschwärzt, dachte Michal. Noch war ihm nicht klar, worum es eigentlich genau ging. Er hoffte, dass sich am Ende alles als ein Missverständnis herausstellen würde oder eindeutige Beweise für etwaig angeklagte Vergehen fehlen würden. Die beiden Polizisten hatten das Gebäude der örtlichen Polizeibehörde erreicht und schoben Michal durch die Tür. Er stand frierend im Flur und zitterte bereits ein wenig, was die beiden Begleiter weniger auf die klirrende Kälte bezogen, sondern es als Angstgeste und damit als Schuldeingeständnis deuteten.

Der Dorfpolizist saß in der Schreibstube und ging die Akte des Polen noch einmal durch. Er hatte die Aussage des Zeugen bereits nach Osnabrück weitergeleitet und hatte seine beiden „Büttel", wie er sie scherzhaft nannte, losgeschickt, um ihn zu sich ins Büro zu bringen. Er sollte ihn auf Befehl des Gestapo-Mannes verhaften lassen und befragen. Die Gestapo erwartete seinen Bericht. Er kannte Michal und Liesel und wusste um das Gerede im Dorf. Gleichzeitig war der Ehemann für viele auch irgendwie suspekt.

Vielleicht sollte ja die Anzeige eines Dorfbewohners eigentlich nicht nur die renitente Frau des Schlossers Gnädig treffen, die mit ihrem ehrlosen Verhalten Unruhe ins Dorf brachte, sondern auch dem Zugereisten? Ihr Ehemann, der Gnädig, war das nicht ein verkappter Sozi? Man konnte ihm aber nie etwas nachweisen und er verhielt sich völlig unauffällig. Da war erst mal nichts zu holen.

Der Frau warf man zudem aber Untreue gegenüber dem Ehemann vor und scheinbar scheute sie auch nicht davor zurück, sich an den polnischen Zwangsarbeiter heranzumachen.

Und hier ließen sich gleich zwei Fliegen mit einer Klappe schlagen, resümierte er. Den anderen Zwangsarbeitern konnte ein deutliches Zeichen gesetzt werden, sich von Frauen des deutschen Volkes fernzuhalten. Aber auch den Frauen, die ihren an der Kriegsfront befindlichen Ehemann vermissten, musste hier mal eine klare Botschaft übermittelt werden. Appelle an die Ehre der deutschen Frau und kirchliche Moral reichten scheinbar nicht hin, da mussten härtere Geschütze aufgefahren werden.

Der Klobige berichtete dem Dorfpolizisten von der Festnahme, ohne darauf zu verzichten seine Meinung einfließen zu lassen.

„Der Bauer hat sich noch sehr für ihn eingesetzt, weil er so ein guter Arbeiter ist. Aber das hilft alles nichts! Wehret den Anfängen! So weit kommt es noch, dass Polacken unsere Frauen vögeln, wie es ihnen beliebt. Er hat bei der Festnahme keinen Widerstand geleistet. Wir übergeben den Kerl hiermit zum Verhör," schloss der Klobige seinen Rapport.

„Name?" Michal stockte der Atem, die Worte des Klobigen hallten noch in seinem Kopf nach, daher reagierte er zunächst nicht auf die Frage des Polizisten. Jemand hat behauptet, er würde geschlechtlich mit deutschen Frauen verkehren, dämmerte es ihm nun. Das Wort „Vögeln" kannte er aus den Gesprächen des Gesindes. Da lief die Sache also drauf raus.

„NAME!" schrie der Beamte nun deutlich lauter. Michal erschrak über die plötzliche Lautstärke und antwortete mit zittriger Stimme:

„Michal, … Michal K k k…", stotterte er.

Der Beamte schrieb den Namen in ein Formular.

„Aber Sie kennen mich doch?" schob Michal noch zweifelnd nach.

„Geburtsdatum und -ort?" Der Beamte schaute den Polen mit kaltem Blick in die Augen und wartete.

Michal merkte nun, dass es wohl besser für ihn wäre, die Fragen ohne Gegenfragen zu beantworten. Er sah den Beamten an und spürte, wie ihn die Handfesseln am Rücken in das Fleisch schnitten. Der Schmerz lenkte ihn etwas ab und er wartete, bis der Beamte den Füllfederhalter beiseitegelegt hatte.

„Michal, du wurdest heute festgenommen, weil uns berichtet wurde, man habe gehört, dass du in deiner Kammer mit einer deutschen Frau mehrmals im Winter den Geschlechtsverkehr ausgeführt hast. Gibst du dieses Vergehen gegen die Gesetze unseres Volkes zu?"

Michal wusste nicht, wie er darauf antworten sollte und schwieg zunächst.

„Wer behauptet denn so etwas?" Er konnte sich einfach nicht vorstellen, dass so etwas die Leute derart echauffieren könnte.

Seine Frage brachte den Polizisten nun vollends auf.

„Lenk hier nicht ab! Das geht dich erstmal gar nichts an. Ist dem so gewesen, oder nicht?"

Der Polizist hatte die Lautstärke seines Redebeitrages deutlich erhöht und sah ihn düster blickend an. Michal dämmerte allmählich, dass es hier brenzlig wurde. Auf keinen Fall durfte er diesen Verdacht bestätigen.

„Ich bin mir keiner Schuld bewusst," wagte Michal zu antworten.

„Also gut," entgegnete der Beamte im harschen Ton.

„Du wirst heute Mittag zur Schutzhaft nach Osnabrück überführt. Die Gestapo wird dich hier zur verschärften Vernehmung abholen, bis du gestehst."

Für die drei Polizisten war die Sache eindeutig. Für sie gab es keine Zweifel an der Schuld des Polen. Sollte doch die Gestapo den Rest besorgen und das Geständnis erwirken.

Michal hatte Hunger und Durst. Er bat zur Toilette gehen zu dürfen. Die beiden Hilfspolizisten schauten sich fragend an. Schließlich erhob sich der Klobige und entbot mit einer Geste dem Polen aufzustehen. Vor der Toilettentür nahm er ihm die Handschellen ab. Michals taube Hände wurden sogleich mit Blut durchströmt, ein Kribbeln ging durch die Finger und er betrat den Raum. Sollte er fliehen? Er hätte keine Chance. Selbst wenn er weglaufen könnte, die Kälte würde ihn nach wenigen Kilometern erledigen. Außerdem hatte er den ganzen Tag noch nichts gegessen.

Als er wieder zurückkam, standen zwei Gestapo-Männer in schwarzen Ledermänteln bereit und legten ihm wieder Handschellen an; diesmal vor dem Bauch, damit er im Auto sitzen konnte. Der Beamte drückte dem einen ein Protokoll in die Hand und entbot den Hitler-Gruß. Die beiden antworteten in gleicher Weise und griffen nach Michal, um ihn ins Auto zu bugsieren.

Im Gestapokeller der Stadt wurde er ärztlich untersucht, musste sich vollkommen nackt ausziehen. Seine Sachen wurden registriert und ihm weggenommen. Lediglich die Hose und das Hemd konnte er anbehalten. Da man ihm auch den Gürtel weggenommen hatte, musste er ständig nach seinem Hosenlatz greifen, weil ihm sonst die Hose herunterzurutschen drohte. In einer Zelle von etwa zwei mal drei Metern befand sich neben einem Hocker, einem Klappbett, einem kleinen Tisch mit einem Blechbecher, in einer Ecke noch ein Kübel für die Notdurft. Ein kleines Fenster war mit Gitterstäben gesichert. Ihm wurde untersagt, das Klappbett mit der grauen Wolldecke herunterzulassen. Gegen 17:00 Uhr reichte man ihm einen Becher Malzkaffee und ein Stück Brot herein, das er gierig verschlang.

Am anderen Morgen wurde er gegen 5:00 Uhr geweckt, musste das Klappbett hochstellen und ein anderer Häftling gab ihm ein Handtuch, ein Stück Seife und wies ihn an, den Kübel zu entleeren. Dazu solle er ihm folgen in einen gekachelten Raum, wo er den Urin der Nacht weggoss und kurz den Kübel ausspülte. Beide verließen rasch den übel stinkenden Raum und hinter Michal wurde die Zellentür wieder verschlossen. Zum Frühstück wurden trockenes Brot und ein Becher mit dünnem Kaffee hereingereicht. Michal setzte sich auf den Hocker und wartete. Er konnte nichts tun, außer warten. Es wurde ungemütlich auf dem Hocker; er war langes Sitzen nicht gewohnt und lief in der Zelle ein paar Mal auf und ab. Gegen 10:00 Uhr wurde es laut auf den Fluren. Er hörte das Gebell von Hunden und die Stimmen des Wachpersonals, dann Schritte. Scheinbar wurden die Haftinsassen an die frische Luft geführt. Hin und wieder hörte er Geschrei und Weinen. Seine Zelle blieb verschlossen. Eine halbe Stunde später sprang plötzlich seine Zellentür auf und ein Wachmann mit einem Knüppel in der Hand schrie ihn an: „Rauskommen zum Verhör!"

Der Wachmann führte ihn einen langen Flur entlang und eine Treppe aufwärts in das Büro eines Zigarette rauchenden Gestapo-Beamten, der bei seinem Eintreten langsam um ihn herumging, während der Wachmann ihn am Arm festhielt.

„Sie können gehen," nickte der Gestapo-Beamte dem Wachmann zu, blieb nun stehen, blies Michal Rauch ins Gesicht, während der Wachmann Michal umgehend losließ und den Raum verließ. Michal zitterte vor Angst und Kälte. Die Knie fühlten sich wabbelig an und immer noch musste er seine Hose mit vor dem Bauch gefesselten Händen festhalten. Er machte sicherlich einen erbärmlichen Eindruck auf den Beamten.

„Sie haben sich ja eine schöne Schweinerei erlaubt. Das Weib scheint ja mannstoll. Ist Ihnen klar, dass das Folgen für sie hat? Du versündigst dich am deutschen Volk, das ist wohl eindeutig," wechselte der Schwarzgekleidete nun unvermittelt ins „Du".

Michal war nach dem langen Warten und der Nacht klar, dass er sich nicht würde verteidigen können. Für die Polizei und die Dorfbewohner stand seine Schuld längst fest. Jedes Abstreiten würde ihm nur mehr noch schaden. Er beschloss zu schweigen.

„Ich kann dir nur raten zu gestehen, wenn dir das Leben deiner Angehörigen lieb ist. Du kommst doch aus Weißbuchen, nicht wahr?"

44

Michal schreckte merklich zusammen und jetzt fiel ihm der schlesische Dialekt des Gestapo-Mannes erst auf.

„Ja, du hast richtig gehört. Wir kennen deine Sippschaft in Schlesien, die sich erdreistet, unserer deutschen Nation die Stirn zu bieten. Und dein Schwesterchen steht auch auf unserer Liste. Gestehe!"

Der Gestapo-Beamte schaute Michal mit wütendem Blick ins Gesicht.

„Ein Anruf nach Hause reicht und deine Eltern kriegen so schöne Handschellen wie die da verpasst." Der Mann zeigte auf seine Hände.

Michal spürte, dass ihm der Schweiß ausbrach, sein Mund war derart trocken, dass er mehrfach schlucken musste, um eine Antwort zu formulieren.

„Aber, … was soll ich denn gestehen?" fragte er, um etwas Zeit zu gewinnen.

„Du weißt ganz genau, was ich meine, du Hurensohn. Raus mit der Sprache: Warst du mit dem Weib intim?"

Michal wusste nicht, was *intim* bedeutet, darum schwieg er zunächst und schaute dem Mann ungläubig ins Gesicht.

„Guck nicht so doof, wie ein Affe im Urwald! Wird's bald, ich hab´ nicht ewig Zeit," blaffte der Uniformierte nun zurück.

„Welches Weib?"

„Jetzt ist´s aber gut, Freundchen. Versuch nicht, mich zum Narren zu halten!"

Er machte eine kurze Pause, sah auf seine Armbanduhr und dann auf Michal.

„Also gut, ich geb´ dir eine Nacht zum Nachdenken. Morgen bekommst du die letzte Gelegenheit, die Wahrheit zu sagen. – Wache!"

Sofort wurde die Tür geöffnet und der Wachmann trat ein.

„Zurück in die Zelle mit der Kreatur!"

Michal spürte eine völlige Erschöpfung. Die Deutschen hatten ihn in der Hand und er hatte keine Möglichkeit zur Gegenwehr. Seine Familie in Schlesien wurde bedroht, der Arm der Gestapo und der SS reichte sehr weit. Das trieb ihm die Tränen in die Augen. Sollte er gestehen? Und WAS sollte er gestehen? Egal, was er tat oder sagte, er war der Willkür der Gestapo-Leute vollkommen ausgeliefert.

Nach einer nahezu komplett schlaflosen Nacht wiederholte sich das Procedere des Vortags. Wieder durfte er nicht am Hofgang teilnehmen, sondern wurde zum nächsten Verhör abgeholt. Diesmal saßen zwei Gestapo-Männer im Raum. Der vom Vortag ging wieder um ihn herum, während der andere auf einem Stuhl sitzen blieb und die Szenerie schweigend betrachtete.

„Wie isses? Müssen wir heute die Wahrheit aus dir herausprügeln oder gestehst du gleich?"

Michal schwieg. Doch dann schob er im gebrochenen Deutsch nach:

„Kann nich´ versteh´n. Müssen langsam sprechen; mein Deutsch nix so gut!"

Die Ohrfeige des Gestapo-Mannes kam derart überraschend und hart, dass Michal den Griff auf seinen Hosenbund verlor und die Hose herunterrutschte, so dass er mit nacktem Unterkörper dastand und sein Penis zu erkennen war. Er stand vor Schreck stramm und steif wie eine Steinsäule.

„Da kriegen wir ja auch den Hauptverdächtigen zu sehen," lachte der Mann, zeigte in Richtung Unterkörper von Michal und drehte sich zu dem anderen im Stuhl um. Michal zog derweil die Hose wieder hoch und hielt sie mit der Linken fest.

Zu seinem Erstaunen erhob sich nun der andere Gestapo-Mann. Und jetzt erst fiel ihm auf, dass sich beide ihm gegenüber noch gar nicht namentlich vorgestellt hatten. Mit langsamen, bedachten Schritten ging er auf Michal zu und flüsterte ihm zu:

„Du verstehst uns sehr gut, also spiel hier kein Theater! Soeben ist uns von der Polizei in deinem Dorf mitgeteilt worden, dass das unselige Weib den Verrat am deutschen

Volk zugegeben hat. Du musst nur noch raten, wie sie heißt und wir lassen dich in Ruhe. Also?"

Es konnte sich bei dem Weib, auf das der Mann anspielte, nur um Liesel handeln, dachte Michal. Hatte sie dem Druck nicht standhalten können und hatte seinen Namen genannt, um weiterer Folterung zu entgehen? Michal überlegte. Sollte er ihren Namen nennen? Er dachte an seinen Vater, an seine Schwester und an Olga. Ein einfacher Name gegen das Leben seiner Lieben in Schlesien?

„Da kommt nur Liesel in Frage," sprach er es endlich aus.

„Na, wer sagt's denn!" rief der erste Mann aus und der zweite schob sogleich nach: „Geht doch!" Und er andere sang, hämisch grinsend und siegesbewusst:

"Ja, wenn die Elisabeth nicht so schöne Beine hätt´… Raus mit ihm, ab in die Zelle! - Wache!"

Die nächsten neun Monate bis zur Vollstreckung des endgültigen Urteils verblieb Michal zur Schutzhaft im Gefängnis. Er wurde noch ein paar Mal zum Verhör in den Gestapokeller gebracht und sollte weitere Details verraten, etwa ob er es noch mit anderen Frauen getrieben habe oder ob er der einzige bei der „Polenhure" gewesen sei, der mit ihr verkehrt habe. Bis zum Schluss hat er nicht erfahren, wer ihn verleumdet haben könnte.

Da er nicht gänzlich und offensichtlich Züge einer slawischen Rassenzugehörigkeit aufwies und sich hinsichtlich seiner Arbeitsleistung stets hervorgetan hatte, unterzog man ihn noch einer Untersuchung, um festzustellen, ob arische Rassemerkmale hinreichen könnten, ihn „eindeutschen" zu lassen, ihn damit von einer „Sonderbehandlung" auszunehmen und in ein Arbeits-Erziehungslager zu stecken.

Die Beurteilung fiel aber negativ aus, er wies demnach nicht eindeutig beziehungsweise nicht hinreichend arische Rassemerkmale auf. Möglicherweise war seine Nase zu lang oder zu kurz, man wusste es nicht. Und so erging im November 1941 schließlich das schwere Urteil ohne Gerichtsverfahren, da man ihm schließlich „Rassenschande" habe nachweisen können.

Liesels Verhöre

Sechs Tage später wurde Liesel zur Dienstelle des Dorfpolizisten gerufen. Dem Polizisten war bereits vorher schon zu Ohren gekommen, dass die Frau ein Verhältnis mit dem polnischen Zwangsarbeiter eingegangen sei. Der Polizeibeamte hatte Tage zuvor pflichtbewusst diese „Information" an die Gestapo in Osnabrück übermittelt. Die Polizeidienststelle des Dorfes befand sich gleich gegenüber dem Anwesen des Landwirts Reitholt, wo Liesel und der Pole als Gehilfen beschäftigt waren. Der Polizist ließ sogleich nach der Frau rufen und erklärte ihr, was man über sie erzählte.

„Die Leute reden über dich, Liesel. Du machst dem Polen den Hof. Ich hoffe, du weißt, dass der Umgang mit Minderrassigen verboten ist!"

„Wir arbeiten beide auf dem Hof des Bauern. Wie soll ich ihm da aus dem Weg gehen?"

„Sei nicht so frech, du weißt genau, was ich meine!"

„Was meinen Sie denn, Herr Wachtmeister? Man wird ja wohl noch miteinander reden dürfen."

„Jetzt ist es aber genug!" brüllte er zurück.

„Tu nicht so ahnungslos, schamloses Ding! Alle sehen, dass du dem Kerl schöne Augen machst. Ich kann dir nur raten, halt dich fern von dem Polacken, sonst wird das böse enden!"

„Aber da ist überhaupt nix gewesen. Was die Leute nur immer denken. Die sollen mal bei sich selbst kehren." Liesels Antwort hatte sich der Lautstärke des Polizisten angepasst.

„Nochmal, Liesel! Und ich meine es sehr, sehr ernst: Meide den Kerl, ich kann sonst für nichts garantieren. Dem Polacken und dir drohen erhebliche Konsequenzen. Und jetzt raus mit dir! An die Arbeit!"

Kaum hatte Liesel das Büro verlassen, klingelte das Telefon. Am anderen Ende der Leitung sprach der Gestapo-Beamte Friedrich Kicker:

„Nehmen Sie die Frau unverzüglich fest! Der Pole hat gestanden."

Die Nachricht verbreitete sich wie ein Lauffeuer und der Bürgermeister und der Ortsgruppenleiter der Partei machten sich umgehend mit einem der Bauernführer auf dem Weg zum Hof Reitholt. Sie packten Liesel und drängten sie teilweise unter Zuhilfenahme von Stockschlägen ins Dorfzentrum. Sehr rasch bildete sich eine Traube von Menschen. Liesel schrie und beschimpfte die Männer, konnte aber nichts ausrichten. Die Hände der Männer legten sich um ihre Handgelenke und den Kopf wie Schraubzwingen. Die Ehefrau des Ortsgruppenleiters hatte diesem eine Schere gereicht. Liesel wurde auf einen Schemel niedergedrückt und von zwei kräftigen Burschen in brauner Uniform festgehalten. Der Ortsgruppenleiter führte die auffallend große Schere und der Bürgermeister und der Ortsbauernführer leisteten tatkräftige Hilfestellung. Büschelweise fiel das blonde Haar zu Boden. Irgendwann gab Liesel ihre Gegenwehr auf und glotzte mit hasserfülltem Blick in die steig wachsende Zuschauermenge. Die Gesichter, in die sie schauen konnte, verrieten völlig unterschiedliche emotionale Reaktionen. Einige grinsten vor Schadenfreude, andere schüttelten angewidert den Kopf, wieder andere spuckten auf die Erde und einige wenige schauten dem Treiben fassungslos zu.

Der Bauer Reitholt hatte die Szene mit voller Bestürzung verfolgt und stand ratlos da. Nun hatte es doch einen Kläger gegeben, dachte er. Oder musste man nicht eigentlich sagen: einen Verräter? Dagegen konnte er nichts machen. Irgendwann musste sich ja ihr ungebührliches und unsittliches Benehmen mal rächen. Ich hoffe, sie bekommt einen gnädigen Richter, vielleicht bleibt es ja bei einem Denkzettel, dachte er.

Er verließ kurz vor Mittag den Platz und trat ein in die Dorfgaststätte, wo sich die Männer bereits hitzig über die Zurschaustellung und Schur der Gnädig unterhielten. Reitholt trank zwei Bier und hörte den Gesprächen zu, ohne sich einzumischen.

„Na, Reitholt, da haste dir ja zwei faule Eier ins Nest gelegt, was?" Der Bauernführer Meyer hatte ihn angesprochen.

„Ja, die Liesel hat´s nun wohl etwas zu weit getrieben, aber um den Polen ist´s schon schade. Ich werde einen neuen tüchtigen Arbeiter gebrauchen."

„Wirst wohl froh sein, dass das mannstolle Weib endlich vom Hof is, was?"

„Nun ja, die Liesel. So isse nu ma. Das wird ihr hoffentlich eine Lehre sein."

„Dein Wort in Gottes Ohr," schloss Meyer sein Reden.

Als Reitholt die Gaststätte verlassen hatte, traf er davor einen SS-Mann, der seinen PKW abgestellt hatte. Er kannte den Mann noch aus der Schulzeit.

"Was machst du denn hier?"

Die Frage kam froh gemeint und gleichzeitig neugierig heraus.

"Wir holen die Polenhure hier ab. Sie kommt an der Meller Straße raus und wird durch die ganze Stadt geführt, bis zum Neumarkt".

Damit zeigte er auf seine in der Nähe abgestellte Mercedes-Limousine. Bei einem Blick in das Auto erkannte Reitholt zu seinem Erschrecken Liesel. Ihr Haar war nicht wie gewöhnlich zu einem Knoten gesteckt. Sie verbarg sich mit kurz geschnittenen Haaren hinter den Vordersitzen, zum Wagenboden gebeugt. Der SS-Mann und zwei Gestapo-Leute stiegen wenig später in den Wagen und fuhren los.

Noch bevor der Wagen später von der Meller Straße in den Rosenplatz einbog, bellte plötzlich der vorne sitzende Gestapo-Mann:

„Hier fahren wir eine Polenhure mit dem Auto und unsere tapferen Soldaten marschieren zu Fuß. Raus mit dem Weib!“

Der Fahrer hielt an, Liesel wurde aus dem Wagen gezerrt und der SS-Mann hängte ihr ein Schild um den Hals.

„Das soll allen eine Warnung sein!“

Auf dem Schild stand in Fraktur-Schrift:

> „Ich bin eine Polenhure,
> drum kam ich unter die
> Schure.“

Der Mercedes voran, wurde Liesel von den beiden Gestapo-Leuten eskortiert und die letzten zwei Kilometer bis zum Neumarkt getrieben. Die versammelte Menschenmenge pöbelte und spuckte in ihre Richtung. Sie fand kaum eine Richtung, in die sie sich verkriechen hätte können, und war letztendlich dankbar, als sie wieder weggeführt wurde.

Anschließend verfrachtete man sie wieder in den Mercedes und fuhr zum Gestapokeller am Schloss. Dort wurde sie untersucht, musste sich gänzlich entkleiden und wurde unter die Dusche gestellt. Danach kam sie auf die Zelle und am nächsten Tag zum Verhör durch Gestapo-Männer von dort abgeholt. Mehre Tage wiederholten sich die Verhöre. Liesel leugnete alle Vorwürfe.

Am vierten Verhörtag kam schließlich der leitende Beamte Friedrich Kicker dazu. Zu Liesels Erstaunen siezte der sie, was sie irgendwie befremdete.

„Frau Gnädig, ihrem Mann geht es ja nicht sonderlich gut. Ein verdienter Veteran des Krieges gegen unsern Erbfeind im Westen. Er macht sich große Sorgen um Sie. Meinen Sie nicht, dass er die Wahrheit verdient hat?"

„Mein Mann kennt die Wahrheit," konterte sie, aber Kicker schlug sofort zurück.

„Weiß er, dass Sie Rassenschande betrieben haben und ihn mit einem Polacken betrügen?"

„Wer behauptet so etwas?"

„Es gibt Zeugen, Frau Gnädig."

„Ich hab´ niemanden gesehen und wüsste auch niemanden, der so etwas bezeugen oder so etwas behaupten könnte," konterte Liesel erneut.

Das Weib ist gerissen, dachte Kicker, ließ sich aber nicht aus der Ruhe bringen.

„Sie wurden beim Liebesspiel belauscht," schob er nun nach.

„Wie klingt denn so ein Liebesspiel?"

Die Frau war ganz schön dreist, ihre Gegenfragen waren aber durchaus keck, das musste Kicker eingestehen.

„Nun, wir werden Ihnen nicht den Gefallen tun und den Zeugen verraten, aber wissen Sie, das brauchen wir auch gar nicht."

Kicker machte eine Pause und schaute Liesel durchdringend mit funkelnden Augen an.

„Der Polacke hat die Rassenschande vor wenigen Stunden im Verhör gestanden!"

Liesel zögerte, ihre sonst so kecke Art ließ sie immer recht schnell und schlagfertig kontern. Diesmal suchte sie nach Worten und sprach schließlich die Worte betont gelassen aus:

„Mit wem hat er´s denn getrieben."

Trotz des leichten Zögerns musste Kicker zugeben, dass diese Schlagfertigkeit ihn fast überforderte, er musste deutlicher werden.

„Der Kerl hat Ihren Namen genannt, Frau Gnädig."

„Im Dorf heißen noch andere Frauen Elisabeth," Liesel gab nicht auf, dennoch schob sie nun nach:

„Aber wissen Sie, Herr Kicker? Mir steht kein Verteidiger zur Seite; scheinbar gibt es in unserem geliebten Vaterland auch keine Richter mehr. Ich allein kann Sie von meiner Unschuld nicht überzeugen. Und Sie können eigentlich nicht meine Schuld beweisen. Da Sie wahrscheinlich dieses Spielchen noch bis zum Sankt-Nimmerleins-Tag fortführen wollen werden, bis ich zerbrochen bin, sage ich Ihnen einfach: Ich habe dem Michal schöne Augen gemacht, weil er ein fleißiger und adretter Bursche ist. Reicht Ihnen das?"

Kicker ließ umgehend den Schreiber kommen, der das „*Geständnis*" zu Papier brachte, welches Liesel genötigt wurde zu unterschreiben. Für Kicker war die Angelegenheit erledigt. Liesel wurde ins Gerichtsgefängnis Osnabrück überführt, wo sie noch elf Monate Demütigungen aller Art über sich ergehen lassen musste.

Im November wurde sie wieder von zwei Gestapo-Leuten in den Mercedes verfrachtet und musste der Hinrichtung des polnischen Zwangsarbeiters an vorderster Front beiwohnen.

Vier Monate und etliche Verhöre später, im März 1942, wurde sie wegen Rassenschande ins Konzentrationslager Ravensbrück überführt.

Hinrichtung

Die Gestapo in Osnabrück ordnete wenige Tage nach den Verhören die *Sonderbehandlung* des Polen an. Eine richterliche Anhörung oder ein ordentliches Gerichtsverfahren fand nicht statt. Die Befugnisse der Gestapo waren seit der Machtergreifung Hitlers immer weiter ausgedehnt worden. Hatte man noch anfänglich die Spuren körperlicher Gewalt im Zuge der Folterungen vor den Gerichten verwischen müssen, erhielt die Geheime-Staats-Polizei nun völlig freie Befugnisse ohne jede juristische Kontrolle.

Dem Dorfpolizisten und dem Bürgermeister musste auf deren Nachfrage erklärt werden, was unter „Sonderbehandlung" zu verstehen war, was genau gemeint war.

„Der Kerl wird aufgehängt. Todesstrafe, heißt das!"

Der Mann von der Gestapo kam ohne Umschweife gleich zur Sache. Das ließ einige Parteigenossen aus dem Dorf dann doch aufhorchen. Nachdenkliches Schweigen setzte zunächst ein. Sie hatten damit gerechnet, dass man den Polen hart bestrafen und vielleicht in ein Arbeits-Erziehungslager überführen würde. Mit einem Todesurteil hatten sie nicht gerechnet. Die Gespräche in den Gasthöfen wurden hitziger. Viele kannten ihn als fleißigen Knecht.

„Der hat nix anderes verdient; man sollte die Polenhure gleich mit aufhängen," schrie der Bauernführer Meyer den Bürgermeister an.

Der Bürgermeister drehte sich weg und versuchte, den Ausruf dieses Hetzers mit einer abwertenden Handbewegung wegzuwischen. Tatsächlich stritt man noch eine Weile über das Strafmaß, aber es war nicht mehr zurückzunehmen. Stattdessen kam nun die Frage auf, wo man die Hinrichtung durchführen sollte. Die Meinungen gingen auseinander.

Zur Wahl des Hinrichtungsortes sah die Gestapo zuerst das Grundstück des Wohnhauses der Familie Gnädig vor. Hier legte aber der Bürgermeister ganz entschieden sein Veto ein. Sogar ein paar Parteigenossen pflichteten ihm bei. Für ihn war bereits die von ihm selbst durchgeführte Schur der Gnädig eine äußerst harte Bestrafung. Vor den ganzen Leuten so eine öffentliche Demütigung zu erfahren und dann jetzt auch den Polen vor Heinrichs Haus aufzuhängen, das war für den Bürgermeister einfach zu viel. Was wird das mit dem jungen Johann Gnädig machen? Nein, und nochmals nein, das war zu viel des Guten! Der Bürgermeister, der den Mut hatte, die Hinrichtung des Polen auf dem Boden seiner Gemeinde nicht zu gestatten, sollte dafür später von den Nazis noch bestraft werden.

Diesen Ort musste man also aufgeben. Danach erst wurde nun ein Steinbruch am nordwestlichen Ortsrand ausgewählt, wozu dann wiederum der Besitzer des Steinbruchs die

Zustimmung verweigerte. Mit so etwas wollte niemand später in Verbindung gebracht werden können.

Nach langem Hin und Her erklärte sich schließlich der Ortsbürgermeister Breitner bereit, die Hinrichtung am Nordhang des Waldes seines kleinen Örtchens, nahe der Grenze zum Dorf, ausrichten zu lassen.

„Da gibt´s kein Kneifen und kein Zurück. Befehl ist Befehl!"

Breitner knallte seine Faust auf die Platte des Stammtischs in der Dorfgaststätte, als sei gerade eine Kuh versteigert worden.

„Der Kerl muss an den Galgen, da tut´s eine gute deutsche Buche am Waldrand ebenso gut!"

So ward es beschlossen und öffentlich verkündet.

Die Bauernhöfe aus der Umgebung des Dorfes wurden aufgefordert, ihre osteuropäischen Zwangsarbeiter zur Hinrichtung zu schicken. Dieser Pole habe ein Verhältnis zu einer Deutschen gehabt. Das sollte ihnen zur Abschreckung dienen. Auch ein paar Parteifunktionäre waren bei dem Prozedere zugegen.

Um die Hinrichtung so weit wie möglich gelingen zu lassen, kamen nun umfangreiche Vorbereitungen in Gang. Ein reibungsloser Ablauf musste gewährleistet werden. Das Waldgelände wurde von Gendarmerie-Angehörigen abgesperrt. Auch Parteiorganisationen wie BDM und HJ mussten Helfer für eine weiträumige Absperrung des Hinrichtungsplatzes stellen.

Ein Teil der Vorbereitung und der Durchführung der Exekution wurde zwei Polen, die vorübergehend aus dem Polizeigefängnis genommen worden waren, übertragen. Sie sollten dafür eine Sonderzahlung an Lebensmitteln und eine Geldprämie erhalten. Die Zwangsarbeiter mussten dazu ein flaches Gerüst unter dem dicken Ast einer Buche aufbauen.

Die Nachbarschaft zum Ort des Geschehens wurde von Vorübergehenden noch spontan ein stückweit einbezogen.

"Marie, komm mit!" riefen einige Bürger als der Zug am letzten Hause vor dem Anstieg zum Hang vorbeikam.

Aber ohne ein Wort lief Marie schnell ins Haus. Damit wollte sie nichts zu tun haben. Zwar blieben viele Dorfbewohner weitestgehend ausgeschlossen, da die Hinrichtung offiziell unter Ausschluss der Öffentlichkeit stattfinden sollte, aber später wussten viele, wer von den Mitbürgern an der gesamten Sache aktiv beteiligt war, denn nicht wenige waren Mitglied der Partei oder der SA. Als erste Berichte über den Hinrichtungsverlauf durchsickerten, war die Empörung doch allzu groß über die grausame Bestrafung eines jugendlichen Mannes, den viele im Dorf als einen sympathischen Mitarbeiter kennen gelernt hatten.

Eine größere Anzahl von Fahrzeugen fuhr den Hang hinauf. Die Leitung der Hinrichtung hatte Gestapo-Mann Friedrich

Kicker. Der Strick war am stärksten Ast einer kräftigen Buche festgemacht, ein Schemel stand bereit. Zwei Gestapo-Männer hatten Michal gepackt und ihn mit auf den Rücken gebundenen Armen in die Nähe des Stricks geführt. Michal sah hinauf. Bisher hatte ihm niemand verraten, wohin die Reise gehen sollte. Als er den am Baum hängenden Strick erblickte, blieb er unvermittelt stehen, drehte sich zur Seite und konnte so den Griff des einen Polizisten abschütteln, riss sich nun mit einer Seitwärtsbewegung gänzlich los und stürmte den Hang hinauf davon. Aber er hatte keine Chance. Schon nach wenigen Schritten hatten ihn eifrige SS-Männer eingeholt und zum Stürzen gebracht.

Michal begann beim Heruntergehen laut auf Polnisch zu schreien. Aber Gnade gab es nicht. Die Gestapo-Männer hatten ihn wieder gepackt und mit Hilfe von zwei Männern der SS auf das kleine Gerüst bugsiert. Erst als er vor dem Schemel stand, schwieg Michal. Kicker verlas kurz einen Text zur Urteilsbegründung. Einem der polnischen Zwangsarbeiter aus dem Gefängnis wurde befohlen, dem Delinquenten den Strick um den Hals zu legen. Dessen Hände zitterten merklich, aber die Gewehre der umstehenden SS reichten allemal aus, um ihn und die Umstehenden einzuschüchtern.

Michal wusste nun endgültig, dass es kein Entkommen geben würde. Er sah in die Augen des jungen Burschen, der ihm den Strick umlegte, und sah dessen Angst. Er hörte im Kopf, wie sein Herz hämmerte, er atmete in langen Zügen und versuchte die quälende Panik, die ihn erfasst hatte, irgendwie zu bändigen. Würde sein Vater je erfahren, was mit ihm geschehen war? Was hatte er Unrechtes getan, das diese harte und unumkehrbare Bestrafung rechtfertigte? Würde ihn der allmächtige Gott in Liebe empfangen? Bilder aus seinem Leben in Schlesien kamen vor sein inneres Auge. Er sah aus dem Augenwinkel, wie die Zwangsarbeiter um ihn herumgeführt wurden. Der letzte in der Reihe, ebenfalls ein Pole, kaum zwanzig Jahre alt, erhielt schließlich den Befehl, den Fall des Körpers durch Umstoßen des Schemels auszulösen. Michal spannte seinen Körper an, sein Nacken war steif wie ein Brett. Er spürte, wie ihm die Füße weggezogen wurden, den Ruck des Stricks konnte er parieren und hielt sich weiter steif. Er nässte sich ein und wollte schreien, aber der Strick schnitt ihm derart auf den Kehlkopf, dass er nur ein Röcheln herausbrachte.

Wenig später heulte die Menge auf. Michal baumelte nur wenige Zentimeter über dem Gerüst und zappelte wild mit dem Körper. Die Augen traten aus den Höhlen und ein Ächzen und unterdrücktes Stöhnen war zu hören. Da die Fallhöhe für einen Genickbruch nicht ausreichend war und der Knoten im Nacken lag, folgte nun ein qualvoller Erstickungstod. Niemand kam auf die Idee, den Verurteilten anzuheben und ihn zurück auf den Schemel zu stellen. Vielleicht hätte das aber auch gewirkt, wie ein Zeichen eines gütigen und gnädigen Gottes. Aber die Angst von einem der SS-Männer, die ihre Gewehre auf Anschlag hielten, erschossen zu werden, sollte es jemand wagen, dem Polen zu Hilfe zu eilen, lähmte jeden der Zuschauer.

Nach etwa drei Minuten ließen die Zuckungen nach. Michal hatte, kurz bevor er das Bewusstsein verlor, noch die Augen geschlossen. Er sah seine Mutter vor sich, der Vater, die Schwester, Olga, die blauen Augen von ….

Nach elf Minuten gab Kicker den Befehl, den Leichnam des Polen herunterzulassen. Der Arzt stellte beim Abhören aber noch Herzmuskelbewegungen fest und weigerte sich zunächst, den Tod zu bescheinigen.

„Schicken Sie die Leute hier weg!" brüllte einer der SS-Offiziere in Richtung Kicker, der irritiert erst auf den SS-Mann und dann auf die Menge hinunterschaute.

Der SS-Offizier zog seine Pistole und wollte bereits auf den leblosen Körper anlegen, als der Arzt plötzlich die Hand hob. Kicker hatte schon den Mund geöffnet und wollte den Befehl geben abzurücken als der Arzt ihm zuvorkam und rief:

„Warten Sie! – Jetzt ist es vorbei." Er löste das Stethoskop von den Ohren und griff instinktiv nach dem Strick, in der Absicht ihn zu lösen.

Der SS-Mann sicherte die Pistole und steckte sie zurück, schob den Arzt beiseite und rief den polnischen Zwangsarbeitern zu, den Körper auf die bereitstehende Bahre zu hieven.

Derweil hatten sich die Dorfbewohner bereits auf den Rückweg gemacht. Einige wenige standen noch blass und mit Schrecken in den Augen vor der Buche. Ein paar wenige wagten ein Vater Unser zu sprechen. Schweigend und fassungslos ob des Erlebten schritten sie den Hang hinunter. Die Gestapo ließ von den polnischen Gefangenen Strick und Schemel in einem der Fahrzeuge verstauen, das Gerüst könne warten, das würde anderntags von Bauern der Umgebung zum Brennholzgebrauch geholt werden. Die Leiche des Erhängten wurde in ein Tuch gewickelt und in einen Mercedes geladen. Die Zwangsarbeiter, die dem gesamten Procedere beiwohnen mussten, wurden von SS-Männern zusammengetrieben und am Fuße des Hangs einzelnen Bauern zur Begleitung in ihre Höfe übergeben. Sie grinsten, als die zusammen geholten Osteuropäer an dem Leichnam vorbeigeführt wurden. Viele der Ukrainer, Russen und Polen kamen nach der Hinrichtung völlig zerstört zurück auf die Höfe. Man konnte tagelang kein Wort mehr mit ihnen wechseln. Erst nach einer Woche konnte man wieder mit ihnen arbeiten.

Die kriegsgefangenen Zwangsarbeiter bestiegen von Pferden gezogene Wagen oder Kutschen. Andere gingen zu Fuß. Liesel saß in einem der Fahrzeuge neben einem Gestapo-Mann. Sie wurde gezwungen, das Ganze mitanzusehen, durfte den Wagen aber nicht verlassen, da man unangenehme Reaktionen von ihr oder von einzelnen Dorfbewohnern befürchtete. Sie sollte dadurch ein weiteres Mal für ihre Sünden bestraft werden und man hoffte von

Seiten der Gestapo, dass diese Zurschaustellung sie bewegen könnte, weitere Details zu erfahren.

Dieser junge Bursche, der das Leben noch vor sich hatte, war ihretwegen grausam und unprofessionell hingerichtet worden. Ein Gefühl der Mitschuld erfasste sie, aber der zappelnde Mann am Strick hatte sie zunächst fassungslos zuschauen lassen und als die Menge am Wagen an ihr vorbeizog, traten ihr die Tränen in die Augen und sie weinte bitterlich. Endlich wurde die vordere Beifahrertür aufgerissen und Friedrich Kicker setzte sich auf den Sitz.

„Abfahrt! Der Polacke hat seine gerechte Strafe erhalten."

Als der Wagen auf die Landstraße nach Osnabrück einlenkte, drehte sich Kicker noch einmal zu Liesel um.

„Sehen Sie, Frau Gnädig, der Polacke ist und bleibt unser Feind. Das haben Sie jetzt hoffentlich verstanden."

Liesel sagte nichts. Sie empfand, belastender denn je eine schwere Mitschuld am Tod Michals. Sie wusste: Keine Tränen, keine Empörung, keine Worte konnten hier etwas ausrichten! Dafür war es längst zu spät. Und sie fragte sich, ob es jemals zuvor eine Möglichkeit gegeben haben könnte, solch barbarisches Gebaren zu verhindern.

In Ravensbrück

Liesel verbrachte insgesamt dreizehn Monate im Gerichtsgefängnis. Alles, was sie erleben musste, blieb bei ihr. Sie hat darüber später nie mehr gegenüber Dorfbewohnern gesprochen. Nach den Nürnberger Rassegesetzen war zunächst jeglicher Verkehr mit Angehörigen der jüdischen Rasse mit Strafen belegt. Die gerichtliche Praxis war im September 1939 durch die "Verordnung gegen Volksschädlinge" verschärft und das Gesetz nun auch auf Angehörige anderer, sogenannter "minderwertiger", Rassen, wozu insbesondere Polen und Russen zählten, ausgedehnt worden.

Entsprechend dieser Auslegung wurde sie schließlich im März 1942 nach Ravensbrück gebracht. Niemand im Dorf hatte vorher und auch nicht nachher eine Vorstellung von der Härte der Strafe, die Liesel in Ravensbrück erleiden sollte. Auch noch Jahre später nach Schilderungen in der Presse oder durch Zeitzeugen, erschien das Ganze vielen nicht glaubwürdig oder man betonte, dass man das nicht gewusst habe.

Wer Liesel und Michal verleumdet hatte, erfuhr Liesel zufällig in einem der Verhöre. Liesel hat später einem Bewohner des Dorfes nach ihrer Entlassung den Namen des Denunzianten genannt, der sich dieses "Dienstes am Vaterland" einst gerühmt hatte. Der Vaterlandsdienstleister hat niemals später eine Verleumdungsanklage befürchten müssen.

Mit der Hinrichtung Michals wurde im Grunde ein Fall mit einem abschreckenden Urteil zum Ende gebracht, der aber mehr Schrecken hinterließ bei denen, die der barbarischen Aktion beiwohnten und noch so manchen bis ans Ende seines Lebens nicht mehr loslassen sollte. Dabei wurde Liesel als Hauptschuldige ausgemacht und fand fortan, auch nach den Jahren in Haft und Lager, bei ihrer Rückkehr kaum eine offene Tür im Dorf vor.

Liesel selbst hatte keinerlei Vorstellungen darüber, was sie im Konzentrationslager erwarten würde. Was sie dann erlebte, sprengte ihre Vorstellungskraft und sie zog sich, die Dinge um sich herum vorsichtig beobachtend, nach und nach in sich zurück. Ihr war schon nach ein paar Tagen klar, dass **abweichendes Verhalten** oder Ungehorsam, eigentlich jedwedes Auffallen, tödlich sein konnte.

Zwar blieb sie in Ravensbrück dem Spießrutenlaufen im heimischen Dorf weiterhin entzogen, andererseits vermisste sie die Nähe ihres Mannes und ihres Sohnes, von dem Heinrich später in einem Brief berichtete, dass er sich ihm immer weiter entfremdete und scheinbar ganz in seiner neuen Rolle als vorbildlicher Hitler-Junge aufging.

Die Leute im Dorf und in der Schule redeten über Johanns Mutter, als sei sie eine echte Hure. Das tat Liesel weh und Johann litt ebenfalls sehr unter dem Gerede über die Mutter. Auch er hatte immer wieder mitbekommen hatte, wie seine Mutter gegen die allgemein auferlegten Lebensführungsregeln verstieß oder diese nicht einzuhalten verstand. War ihm das als Junge erst gar nicht aufgefallen, bemerkte er zunehmend die Reaktionen des Umfeldes und war peinlich berührt. Er setzte daher bewusst einen Kontrapunkt zu seinen Eltern. Er wollte zu den wahrhaften Deutschen gehören und strengte sich besonders an, zu gefallen, verhielt sich stets vorbildlich und betont kameradschaftlich. Johann klammerte sich dabei sehr an seinen Onkel, Liesels Bruder, der schon lange Parteimitglied der NSDAP war und – wie viele in der Familie – den Lebensstil seiner Schwester verurteilte.

Liesels Mutter war als Pflegekind auf dem Hof der Familie eines örtlichen Bauern aufgewachsen und hatte irgendwann die kleine Liesel geboren, deren Vater recht früh verstorben war. Liesel war auf dem Bauernhof mit anderen Kindern aufgewachsen, die nicht ihre Geschwister waren und von denen sie sich sehr bald deutlich unterschied. Sie wehrte sich mit Erfolg gegen die stärkeren Jungen und hatte überhaupt etwas Burschikoses an sich, was viele Mädchen wiederum davon abhielt, mit ihr zu spielen.

Sie wurde gehänselt und entgegen allen Erwartungen, ließ sie sich niemals unterkriegen, sondern zeigte den anderen, dass sie bereit war, auch ohne andere Hilfe ihren eigenen Weg zu gehen. Niemand sollte sie weiter necken und bevormunden, wie es die Pflegeeltern ihrer Mutter und deren erwachsene Kinder stets versuchten. Immerhin hatte man ihr einen gewissen Erbteil zugestanden, ein Stückchen bebaubares Land mitten im Ort.

Sie war es aufgrund der Feld- und Stallarbeit und in Folge des Hausbaus gewohnt, fest zuzupacken. Das selbst gebaute Haus war ihr ganzer Stolz und mancher im Dorf schaute trotz der vielen Gerüchte doch voller Respekt auf die Leistung dieses *Mannweibs*, wie sie mancher doppelzüngig nannte. Diese Eigenschaft sollte ihr in Ravensbrück zugutekommen, denn die auferlegten Arbeiten waren durchaus hart und kaum zu schaffen. Sie musste zusehen, wie Frauen neben ihr, die nämlich die harte Arbeit nicht gewohnt waren und deren Anforderungen sie auf Dauer nicht gewachsen waren, unter den Schlägen und Rufen der Aufseherinnen zusehends an Kraft verloren, krank wurden und nicht selten auch verstarben.

Mit militärischer Präzision und eiserner Disziplin, gepaart mit Willkür und brutaler Gewalt, traten die SS-Aufseher und -aufseherinnen den Neuankömmlingen gegenüber. Mit Beleidigungen, Geschrei und Flüchen, Tritten und Schlägen sollten sie eingeschüchtert und gefügig gemacht werden. Den Frauen wurden zuerst die Kopf- und Schamhaare rasiert und ihnen wurde Häftlingskleidung angezogen. Sie wurden gewissermaßen entweiblicht und ihrer Identität und nicht zuletzt ihrer Würde beraubt. Liesel erlebte dieses Procedere wie ein Déjà-vu, schon einmal hatte man ihr die Haare geschoren und sie erniedrigt. Sie musste ein schwarzes Dreieck auf der Brust tragen, andere hatten den Judenstern oder ein rotes Dreieck.

Die anderen Frauen im Lager nannten sie häufig die *Bettpolitische*. Liesel fühlte sich beinah geehrt, dass man sie als „Politische" ansah und strich das Wort Bett einfach für sich heraus. Damit ging es ihr irgendwie besser.

Sie war eine der schon etwas älteren deutschen Frauen, die nach Ravensbrück kamen. Darum schickte man sie trotz des bekannten Grundes ihrer Einweisung als sogenannte „Polenhure" nicht in die Bordelle für die Funktionshäftlinge in andere Lager. Allerdings griff sich eine der Lagerärztinnen die noch jugendlich wirkende, aber robuste Frau, um im Winter Unterleibsuntersuchungen und -versuche bei ihr durchzuführen. Das führte Liesel dann schließlich aufs Krankenlager, da sie sich eine schwere Harnwegsinfektion, so hieß es von den Ärzten, zugezogen hatte. Zu ihrem Glück erholte sie sich davon besser als selbst von den Ärzten erwartet.

Dennoch verschlechterte sich ihre Ausdauerleistung bei den schweren Arbeitseinsätzen in den folgenden Monaten. Deutsche Frauen wurden in der Regel nachsichtiger behandelt als die Osteuropäerinnen oder die Jüdinnen. Darum wurde Liesel schließlich ins Siemens-Lager beordert, wo sie Fernsprechfunkgeräte für die Kriegswirtschaft zusammenmontieren musste.

Täglich kamen neue Häftlinge ins Lager, das hinsichtlich der allgemeinen Versorgung, insbesondere mit Nahrung, mit der teils rasanten Zunahme an Inhaftierten nicht Schritt halten konnte. Liesel nahm zwar ab, aber sie überstand alles und fand immer wieder kreative Lösungen, um an Hochkalorisches heranzukommen. Auf eine Anordnung Himmlers hin war es ab Oktober wegen der Lebensmittelknappheit erlaubt, Pakete zu erhalten. Endlich erfuhr sie dadurch auch, wie es ihrer Familie ging.

Heinrichs Gesundheitszustand hatte sich etwas stabilisiert, aber die Mangellage durch den Krieg verhinderte einen besseren Verlauf. Johann hatte sich - gerade 18 geworden - zum Militärdienst gemeldet und sollte in den nächsten Wochen den Dienst an der Waffe für das deutsche Volk und Vaterland antreten. Für ihn ein Ausweg, um von den Gerüchten und den argwöhnischen Blicken im Dorfe wegzukommen, denen er nach wie vor ausgesetzt war. Denen wollte er es schon beweisen…

Liesel blieb, entgegen ihrem ursprünglichen Naturell, für die Aufseherinnen im Lager weitestgehend unauffällig. Im Frühjahr kamen dann vermehrt Kriegsgefangene und Frauen aus Osteuropa ins Lager, was die logistischen Kompetenzen und Ressourcen der Lager-Kommandantur noch weiter deutlich überstieg, so dass man unter den deutschen Frauen vermehrt solche auswählte, die man zurück in die Heimat schicken konnte. Jüdinnen und Osteuropäerinnen wurden, wenn sie nicht mehr im Stande waren, die harte Arbeit zu erbringen oder erkrankten, nicht selten erschossen oder zu den neu errichteten Öfen gefahren, von wo sie nie zurückkamen.

Liesel musste nicht selten die Misshandlungen und Schläge der AufseherInnen mitansehen. Besonders schwangere Frauen durchlebten im Lager ein echtes Inferno. Neideten die jungen Aufseherinnen den schwangeren Frauen ihre Leibesfrucht? Liesels Hass auf die Peiniger wuchs stetig und gleichzeitig war sie jeden Tag froh und dankbar, wenn sie von Schlägen, Tritten und Geschrei verschont blieb. Erst wenn sie in der Baracke lag, kamen ihr manchmal die Tränen. Vom Leid der anderen Frauen ergriffen, schwor sie, dass man niemals wieder mit ihr derart umgehen würde, wie sie es hier gesehen und bei sich selbst erlebt hatte. Zwei Mal hatte man gegen ihren Willen ihr die Haare geschoren, das sollte nie wieder geschehen, eher würde sie sterben.

Anfang Mai 1943 erhielt dann auch Heinrich Gnädig einen Brief aus dem Lager, in dem er aufgefordert wurde, seine Frau aus Berlin abzuholen. Nur mit einem Stoffbündel auf dem Rücken stand Liesel am Bahnsteig. Der Zug aus Osnabrück über Hannover, in dem ihr Gatte ankommen sollte, endete hier. Zusammen mit weiteren Frauen war Liesel auf Lastwagen zum Hauptbahnhof gefahren worden. Sie erhielten eine Karte, die ihnen den entsprechenden Bahnsteig und die Abfahrtszeit verriet. Sie erkannte Heinrich sofort, als er aus dem Waggon stieg. Sie lief eiligen Schrittes auf ihn zu und umarmte ihn. Heinrich stand unsicher auf seinen Füßen. Seine tränennassen Augen rührten Liesel selbst zu Tränen und so standen sie beide schluchzend einige Minuten Arm in Arm am Bahnsteig.

„In einer halben Stunde fährt der Zug zurück Richtung Hannover, dort müssen wir dann umsteigen," klärte Heinrich seine Frau auf, nachdem sie sich beide etwas gefasst hatten.

Heinrich keuchte die Worte heraus und sah sich nach einer Sitzgelegenheit um, da er sich kaum noch auf den Beinen halten konnte. Seine Liesel hatte deutlich an Gewicht verloren, blass war sie und schien irgendwie geschrumpft; er hatte sie etwas größer in Erinnerung.

„Hätte dich nicht Johann begleiten können?"

Liesel schaute Heinrich fragend an. Sein trauriger Blick traf erneut ihr Herz.

„Johann ist letzte Woche abkommandiert worden. Er dient an der Ostfront."

„Der Krieg holt uns ein und gönnt uns kein glückliches Leben in Freiheit, Heinz."

Ihr Gatte zeigte auf das Gleis vor ihnen.

„Da, der Zug fährt gleich los, wir müssen einsteigen."

Liesel zog ihren Gatten hoch und stützte ihn beim Einstieg in das Abteil. Sie saßen schweigend im Zugabteil, sahen sich zwischenzeitlich an und tranken gelegentlich einen Schluck aus der Wasserflasche, die Heinrich in einem kleinen Rucksack dabeihatte. Die meiste Zeit während der Fahrt bis

Hannover schlief Heinrich und sein Schnarchen beruhigte Liesel.

„Heinz, wach auf! Ich glaub´, wir müssen aussteigen."

Als sie in Hannover umgestiegen waren und der Zug sich Osnabrück näherte, seufzte Liesel:

„Hoffen wir, dass dieser unsägliche Krieg bald vorbei ist." Aber diese Hoffnung sollte sich nicht so rasch erfüllen.

Rückkehr ins Dorf

Den Weg vom Bahnhof in Osnabrück zurück ins Dorf mussten sie zu Fuß zurücklegen. Zum Glück war es schon frühlingshaft warm, so dass sie viele Pausen machen konnten, denn Heinrich war den Strapazen eines längeren Fußmarsches längst nicht mehr gewachsen. Das Geld für ein Taxi oder den Bus hatten sie nicht. Wie es wohl zu Hause aussieht, dachte Liesel. Sie ersehnte ihr Bett und freute sich auf den Garten und die Küche. Es gab sicherlich viel zu tun.

„Ein Fahrrad, das wär´ doch was, nich´ Heinz?

Liesel nannte Heinrich „Heinz", wie viele im Dorf gern manche Vornamen abkürzten.

„Es wird schon bald dunkel. Mit dem Rad wären wir wohl längst zu Hause," fuhr sie fort.

„Damit kämen wir auch mal raus aus dem Dorf," ergänzte sie.

Heinrich hatte Schweißperlen auf der Stirn. Er hatte am Ufer des Flüsschens Hase frisches Wasser in die leere Flasche gefüllt und reichte sie seiner Gemahlin, die einen kräftigen Schluck nahm, so dass er gleich noch einmal nachfüllte.

„Aber wir kommen im Dunkeln an, das hat auch was! Die Nachbarn können uns nicht sehen und wieder gleich anfangen, falsche Schlüsse zu ziehen, aus dem, was sie glauben zu sehen."

„Was sollen sie auch sehen? Uns beide, Arm in Arm. Was wohl daran wieder nicht recht wäre? Ach Heinz, was gehen uns die Nachbarn an? Wir haben doch noch uns.“

„Die Leute im Dorf sind unsere Nachbarn und sie waren es schließlich, die uns das letztendlich alles eingebrockt haben. Mich haben die Gestapo-Leute auch befragt, denen hab´ ich klipp und klar gesagt, dass die Leute viel zu viel tratschen und nichts dran ist an den Gerüchten, aber sie haben mich nur ungläubig angeschaut.“

„Ja, Heinz, sie neiden uns die Freiheit, die wir uns geben. Wir können nur weiter hoffen, dass der Krieg bald zu Ende ist. Dann öffnen sich uns vielleicht neue Tore. So lange müssen wir zusammenhalten.“

Die Leute im Dorf stellten in den folgenden Wochen erstaunt fest, dass das Verhältnis der Ehepartner Gnädig durch die Vorgänge um die Affäre mit dem Polen nicht gelitten hatte. Fast zweieinhalb Jahre waren seither vergangen, aber die grausamen Bilder von der Hinrichtung hatten noch viele vor Augen. Und nun war sie da, die Hure, die mit einem Polacken rumgemacht hatte. Allerdings stellten die Bewohner des Dorfes fest, dass Heinrich Gnädig seiner Frau nichts nachzutragen schien. Man bekam sie allerdings auch selten zu sehen. Liesel hatte viel im Haus zu tun und wagte sich nur ungern unter Menschen.

Überhaupt hatte sie sich sehr verändert. Entgegen ihrer beinah vorlauten und kecken Art hatten die Aufenthalte im

77

Gefängnis und im Konzentrationslager dazu geführt, dass sie nur wenig sprach und sich sehr zurückhielt. In den Gesprächen mit ihrem Ehemann erhielt sie Trost und Beistand. Es half ihr, über die schrecklichen Geschehnisse hinwegzukommen. Im Gegenzug kümmerte sie sich darum, ihm wegen des Lungenleidens weiter durch eine liebevolle Pflege Linderung zu verschaffen.

Erst zur Erntezeit erhielt Liesel wieder Gelegenheit, bei den Arbeiten mitzuhelfen. Zwar wurde sie misstrauisch beäugt und gemieden, aber Liesel hatte in Ravensbrück Dinge erlebt und gesehen, die ihr ein dickes Fell verschafft hatten und ihre neue Taktik, zu schweigen und nur zu beobachten, bestätigte. Man ließ sie wenigstens in Ruhe.

Das Getuschel und Gerede über ihren angeblich unsittlichen Lebenswandel wollten aber einfach nicht enden. Selbst ihre Verwandten warfen ihr das vor und gifteten sie an; sie habe eine gerechte Strafe erhalten, aber scheinbar immer noch nichts daraus gelernt. Liesel fragte sich, was denn das Unschickliche ihres „Verhaltens" sein solle.

Gut, sie ging nicht zur Kirche. War es das?

Ihren Mann ließ sie auch mal allein zu Haus, um sich zu vergnügen. Sie konnte schließlich nicht ständig nur waschen, bügeln, Marmelade einkochen und den Mann pflegen. War es das?

Oder rührte der Hass der Bewohner daher, dass sie einen Fremden und keinen Einheimischen geheiratet hatte, der sich - zudem noch - einmal öffentlich kritisch gegen den Krieg zu äußern gewagt hatte?

Vielleicht war es alles zusammen?

War sie mit Gefängnis und Konzentrationslager nicht genug bestraft? Aber die Leute hatten ja gar keine Vorstellung davon, was im Lager abgegangen war. Ihr würde eh keiner zuhören, wenn sie davon erzählen würde. Oder das Ganze als überrieben und schiere Fantasie abtun.

Immer noch hatten viele DorfbewohnerInnen das Bild des am Strick baumelnden Polen vor Augen und sahen Liesel weiter als Hauptschuldige an. Sie fühlte sich zunehmend fehl am Platze und wäre am liebsten weggezogen, aber sie konnte Heinz nicht im Stich lassen, der ihr so viel Freiheit ließ und der immer zu ihr hielt. Und sie hing an dem Haus, das sie gebaut hatte und für das noch nicht alle Schulden abbezahlt waren.

Auch ihr selbst ging es seit der Rückkehr aus dem Lager deutlich schlechter. Sie hatte gar nicht mehr die Lust und die Kraft zum geselligen Leben, nach allem, was sie in Ravensbrück erlebt hatte. Ihr Herz war von den Behandlungen der Ärzte und von der schweren Arbeit im KZ in Mitleidenschaft gezogen worden. Wenn sie den leichten Hang zu ihrem Haus hinaufstieg und vom Melken zurückkam, blieb ihr immer häufiger die Luft weg.

Sie konnte es eh keinem mehr recht machen, das wurde ihr immer klarer. Sie musste allein durchkommen und Lösungen finden für die zunehmende Not, die sich in Folge des Krieges noch weiter verschärfte.

Heinrich ging es ab November deutlich schlechter. Er aß kaum etwas und wachte in den Morgenstunden schweißgebadet auf. Das Weihnachtsfest verbrachten sie allein und ohne Baum, den sie sich nicht leisten konnten. Liesel legte schon lange keinen Wert mehr auf solche antiquierten Rituale. Der Sohn war im Krieg, der Ehemann lag siechend im Bett, was sollte da der ganze Tand.

Heinrichs spärliche Invalidenrente reichte vorne und hinten nicht. Johann kämpfte an der Ost-Font und die Nachrichten, die sie erhielten, klangen wenig beruhigend. Der Feind rückte vom Osten näher und der Tommy und der Ami kamen von Westen heran.

Im Februar 1944 erhielt das Ehepaar die Nachricht, dass ihr gemeinsamer Sohn im Osten im Alter von 19 Jahren sein junges „Leben für seine geliebte Heimat" gelassen habe. Heinrich traf diese Nachricht schwer. Sie konnten sich nicht einmal von ihm verabschieden, sein Leichnam wurde in der Nähe von Dresden beigesetzt. Zwar ging auch Liesel der Tod ihres Sohnes nah und erinnerte sie zudem am viel zu frühen Tod des Polen, aber sie war abgelenkt von der Sorge um ihren Mann und das tägliche Überleben. Sie musste zusehen, wie ihr Mann nicht nur allen Mut, sondern zudem mehr und mehr alle Kraft verlor. Sie bettelte bei Bauern um

Brot, Kartoffeln, Eier und Milch. Trotz aller fürsorglicher Pflege verschlechterte sich Heinrichs Zustand zusehends und im Mai kam zu seiner Lungentuberkulose noch eine Lungenentzündung hinzu, die ihn endgültig hinwegraffte.

Nun war sie ganz allein, den Attacken und üblen Nachreden der Dorfbewohner ausgesetzt.

Liesel erhielt zwar eine kleine Witwenrente, die aber derart gering ausfiel, dass sie davon ihren Lebensunterhalt nicht bestreiten konnte. Sie musste sich selbst überwinden, um an den Türen des einen oder anderen Bauern anzuklopfen, der sich dann zu ihrem Glück erbarmte, als sie darum bat, als Erntehelferin und Melkerin arbeiten zu dürfen. Der Lohn war in der Regel, dass man ihr Lebensmittel wie Eier, Kartoffeln, Brot, Milch oder gelegentlich ein Stück Wurst mitgab.

Liesel war nicht nur von der Dorfgemeinschaft isoliert. Viele trugen ihr das angebliche Vergehen immer noch nach. Im Dorf wurde sie von den Leuten gemieden und manch einer verließ den Krämerladen, wenn sie dort eintrat, um Seife oder Waschpulver einzukaufen.

Die Bombardierungen der Stadt bekamen auch die Leute in den umliegenden Dörfern zu spüren. Es herrschte Mangel an vielen Dingen. Froh sein konnte, wer noch genügend Vieh und Vorräte in den Ställen hatte, um zu überleben.

Nach dem Krieg

Die öffentliche Meinung, die Liesels Verhalten nach wie vor missbilligte, hatte sich durch die Kapitulation von 1945 nicht wesentlich geändert. Mit Schadenfreude und einer gewissen Genugtuung konnte sie ihrerseits beobachten, wie die Nationalsozialisten im Dorf nach und nach verschwanden oder sehr bedacht darauf waren, ihre Zugehörigkeiten zu einer der Nazi-Organisationen zu kaschieren.

Eine gewisse Sprachlosigkeit und Leere machte sich seit dem Kriegsende zunehmend breit. Kinder und Jugendliche empfanden diese Sprachlosigkeit, die dann später in den fünfziger Jahren über die Unmenschlichkeit und das Unrecht von einst herrschte, besonders stark. Niemand wagte öffentlich darüber zu sprechen, niemand wollte erneut Staub aufwirbeln und neuen Hass säen.

Das Unrecht, das auch Liesel mit Gefängnishaft und Konzentrationslager widerfahren war, blieb dabei weitestgehend ausgeblendet. Viele hatten auch noch nach etlichen Jahren keinerlei Vorstellungen von den Ermordungen und Gräueltaten, die dort stattgefunden hatten. Man habe davon nichts gewusst, hieß es nicht selten und man ging zur Tagesordnung über, schließlich galt es, das Land wieder aufzubauen.

Die britische Militärregierung setzte zu Liesels freudiger Überraschung den „Sozialisten", manche sagten „Kommunisten", Heinrich Kirchner als ersten

Bürgermeister ein. Kirchner war verheiratet mit einer Tochter der Pflegeeltern ihrer Mutter. Sie war in gewisser Weise weitläufig mit ihm verschwägert. Diese Verbindung wollte sie nutzen.

Schon wenige Tage nach der Bekanntgabe durch die englische Militärregierung besuchte Liesel Bürgermeister Kirchner voller Erwartung und Freude im Rathaus. Die beiden einte ihre Kritik am Krieg und die Ablehnung des totalitären Regimes, wie es die Nazis aufbauen konnten. Allerdings war auch Kirchner noch sehr in den Konventionen und den Vorstellungen hinsichtlich einer bürgerlichen Gesellschaft verankert. Er sah – wie seine Familie und die meisten im Ort – seine Nichte vorrangig als *untreue Ehefrau* an. Er folgte damit der Meinung der Mehrheit.

Gleichwohl sah er, dem Rufe seiner sozialdemokratischen Gesinnung folgend, auch, dass Liesel und der Pole ein viel zu hohes Strafmaß erlitten hatten, das in keiner Weise zu rechtfertigen war und zumindest hinsichtlich Liesel eine Wiedergutmachung verdiente. Entsprechend nüchtern und sachlich verhielt sich Kirchner ihr gegenüber und ließ durchblicken, dass er sie nach Kräften unterstützen wolle, wenn es um entsprechende Anträge gehe.

Liesels soziale und finanzielle Situation spitzte sich in der Folge und im Zuge des ersten Nachkriegsjahres derart zu, dass sie zwischenzeitlich hungern musste und es nur unter größten Mühen schaffte, den folgenden Winter zu überstehen. Kirchner hatte *von gewissen Möglichkeiten* gesprochen und ihr so wieder Hoffnung gegeben. Sie zögerte dennoch lange, bis sie es wagte, einen Antrag an den Sonderhilfeausschuss des Landkreises zu stellen. Sie befürchtete die Reaktion der Leute im Dorf, wenn das bekannt werden würde. Die Not und der Hunger beflügelten dann letztendlich ihren Mut, wieder bei Kirchner anzufragen.

„Wir brauchen dazu eindeutige Belege und Beweise deiner Inhaftierung im KZ. Ich werde in den zuständigen Ämtern nachfragen, ob noch Schriftstücke aufzufinden sind."

„Danke Heinrich. Ich kann mich übrigens erinnern, dass der Fotograf Koltzenburg in Osnabrück fotografiert hatte, als ich verhaftet worden bin und anschließend am Neumarkt zur Schau gestellt wurde. Meinst du, wir können von ihm Fotos bekommen? Oder lebt der nicht mehr?"

„Doch, doch, der lebt noch, sein Atelier wurde weitgehend vom Bombenhagel der Alliierten verschont. Aber ein guter Hinweis, Liesel, ich werde ihn kontaktieren."

Tatsächlich waren noch aussagekräftige Fotos im Atelier des Fotografen vorzufinden, die dieser dem Bürgermeister zukommen ließ.

Ohne den Beistand Kirchners hätte Liesel vielleicht den Winter und das Frühjahr 1946 nicht überlebt. Zwar hielt sich Kirchner mit seiner Meinung hinsichtlich des Lebenswandels von Liesel und des einstigen Gebarens gegenüber den Leuten nicht zurück, aber allein die Abwicklung der Formalitäten und die Besorgung der weiteren Beweismittel nahmen Liesel eine große Last und sie kam besser über die schrecklichen Erinnerungen an die Hinrichtung, die Inhaftierungen und den Tod von Sohn und Ehemann hinweg.

Ihre Anstrengungen, in der Zeit der Militärverwaltung und in den Kinderjahren der Bundesrepublik als politisch Verfolgte Anerkennung zu finden und finanzielle Wiedergutmachung zu erlangen, wurden belohnt. Der Antrag wurde relativ zeitnah bewilligt. Liesel erhielt schon bald Lebensmittelmarken und einen Weihnachtszuschlag und ab Juni 1948 einen monatlichen Betrag in Höhe von 14, 50 D-Mark[3].

Die Zuwendungen aus dem Sonderhilfevermögen, die Liesel nun regelmäßig erhielt, blieben leider von den anderen DorfbewohnerInnen nicht unbemerkt. Diese Ehebrecherin wurde aus ihrer Sicht unberechtigterweise noch für ihren anrüchigen Lebenswandel belohnt.

„Ham wir nicht! Ausverkauft," bekam sie manches Mal im Krämerladen zu hören.

„Aber, da liegt doch noch ein Stück Seife," antwortete Liesel.

---

[3] Das dürfte heute in etwa einem Betrag von ca. 250,- bis 300,- Euro entsprechen.

Aber die Krämerin hinter der Theke antwortete ihrerseits dreist.

„Die ist reserviert für die Bürgermeisterin."

So wich sie des Öfteren aus in die Stadt, um dort Besorgungen zu machen. Und, - endlich gab es im Herbst 1948 wieder echtes Geld anstatt Lebensmittelkarten und Schwarzmarkt.

Wehmütig dachte sie zurück an den Tag, als ihr Heinz sie aus Berlin zurück in IHR Zuhause begleitet hatte. Das war ein langer Weg für Heinrich vom Bahnhof zurück ins Dorf. Sie mussten damals oft Pause machen, weil der Gesundheitszustand ihres geliebten Ehegatten so eine lange Fuß-Wanderung eigentlich nicht mehr zuließ und es war bereits dunkle Nacht, als sie endlich ankamen. Völlig erschöpft war er ins Ehebett gefallen und schon bald eingeschlafen. Sie erinnerte sich, wie sie bei einer ihrer Pausen am Flussufer der Hase von einem Fahrrad geschwärmt hatte.

„Ein Fahrrad! Das ist die Lösung!"

Damit würde sie der Enge des Dorfes hin und wieder entgehen können und auch mal dort einkaufen, wo sie niemand kannte.

Die 14 D-Mark kamen ihr da gerade recht. Liesel fuhr zwei Wochen später nach Auszahlung des ersten Geldes in die Stadt und schaute sich nach einem passenden Gefährt um.

Natürlich hatte sie dabei wieder mal nicht die Gefühle und die Missgunst der anderen berücksichtigt. Wie konnte diese Frau sich so etwas leisten, demnächst fährt die wohl noch mit 'nem Auto vor, dachten nicht wenige, die sie die Straße hinunter zum Ortskern rollen sahen. Empörung und Neid der Nachbarn und DorfbewohnerInnen legten einer entspannteren Begegnung mit ihr weitere Steine in den Weg.

Liesels Versuche, bei den Bauern eine Anstellung als Melkerin oder Erntehelferin zu ergattern, liefen nun vollends ins Leere. Niemand wollte die Ehebrecherin und Polenhure einstellen. Sie sollte doch sehen, wie sie klarkommt. Und ja, Liesel kam dank der Zuwendungen zurecht. Aber ihr fiel zuhause irgendwann ob der Meidung durch die anderen DorfbewohnerInnen auch die Decke auf den Kopf. Sie wurde nicht eingeladen und empfing auch nur sehr selten

Besuch. Sie wollte arbeiten und unter Menschen kommen. Da eröffnete ihr das Fahrrad einen erweiterten Spielraum. Sie fuhr nach Osnabrück oder nach Melle. Bei einer ihrer Ausflüge kam sie an einer Papierfabrik nahe dem Dorf in Richtung der Stadt vorbei. Sie stieg ab und fragte bei einem Pförtner, ob es noch tatkräftiger Hände bedürfe.

„Na, da lassen´s mal das Radl stehen und gehen hier links zum Vorabeiter, Herrn Kleine, der kann Ihnen da mehr sagen.“

Liesel fand den Dialekt des Kerls lustig und entgegnete dem Schnauzträger mit einem verschmitzten Lächeln:

„Passen´s da auch gut auf mein Radl auf?“

Der Mann schmunzelte und winkte sie zur Tür. Immer noch lächelnd betrat Liesel das Büro des Vorarbeiters, der gerade eine Stulle aß.

„O, guten Tag, ich wollt´ Sie nicht bei Ihrer Pause stören,“ entfuhr es Liesel beim Anblick des Mannes, der sie nach dem Klopfen hereingerufen hatte.

„Is schon gut, Sie stören nicht. Ich bin eh gleich fertig. Womit kann ich Ihnen dienen?“

Der Mann, schon weit in den Fünfzigern, legte seine Stulle auf das Butterbrotpapier und nahm einen kleinen Schluck aus dem Becher seiner kleinen Kanne.

„Ich suche Arbeit," entgegnet Liesel dem Mann und sah, als er sich hinter dem Tresen erhob, dass er ein Holzbein hatte und zu ihr an den Tresen humpelte.

Der Krieg, dachte Liesel, hat auch diesen Mann nicht verschont. Der Mann befragte sie nach dem Namen, Alter, Familienstand und Wohnort. Liesel erzählte wahrheitsgemäß und ließ im Laufe des Gesprächs nicht unerwähnt, dass sie schon einmal in einer Fabrik gearbeitet habe. Sie sei sich aber für nichts zu schade. Der Mann nickte.

„Gut in der Fabrikation sind nur die Männer, aber wir können eine Frau gebrauchen, die hier regelmäßig die Umkleideräume und die Toiletten putzt."

„Ich könnte alle zwei Tage für ein paar Stunden zum Putzen kommen. Wann soll ich anfangen?"

Die Frau gefiel dem Mann und nur wenig später hatte Liesel einen Arbeitsvertrag in den Händen, verließ, den Pförtner grüßend, das Gelände und radelte, befreit wie ein Vogel, durch die Landschaft zurück in das Dorf. Fortan konnte sie sich dort ein wenig Geld zu ihren spärlichen Einkünften dazuverdienen.

Eines Morgens fand sie aber ihr Rad mit zerschnittenen Reifen vor. Sie hatte vergessen, es in den Hausflur zu stellen. Die Reparaturarbeiten überforderten nicht nur sie, sondern auch den herbeigerufenen Schwager, der ihr aber anbot, es zu einer Werkstatt in Osnabrück bringen zu lassen. Kirchner war mittlerweile durch einen Mann aus der neu gegründeten CDU ersetzt worden. Kirchner wurden Liesels Besuche zwar zunehmend lästig, dennoch ließ er sie nicht gänzlich im Regen stehen.

„Sollen wir eine Anzeige wegen Sachbeschädigung aufgeben?"

Kirchners Frage war ernst gemeint, er glaubte grundsätzlich an eine gerechtere Zukunft, wenngleich ihm die neue Partei noch zu weit rechts seiner politischen Auffassung agierte und er erkannte, dass auch ehemalige Nazis bei der CDU und FDP unterkamen, aber seine christliche Grundhaltung ließ ihn Liesel gegenüber gnädig sein.

„Nach meinen einschlägigen Erfahrungen mit deutschen Behörden und Polizeiorganen, verzichte ich gerne," antwortete Liesel.

Kirchner zog kurz unsymmetrisch die Mundwinkel hoch und nickte fast unmerklich, denn er musste ihr tatsächlich zustimmen, zumal es wahrscheinlich im Zuge dieses Vandalismus eh keine Chance gab, die Übeltäter zu ergreifen.

Als Liesel nach ein paar Tagen wieder zur Fabrik fuhr, musste sie dann schon früh und ohne Arbeit zurück ins Dorf; man hatte ihr gekündigt.

Wieder stand sie da und hatte wenig Chancen auf eine Arbeitsanstellung in der näheren Umgebung. Die

Bewerbungen im Dorf waren gänzlich zwecklos. So radelte sie wieder zu den umgebenden Ortschaften, wo es ihr hin und wieder gelang, eine Arbeit für eine gewisse Zeit zu bekommen.

Im Spätherbst unterbrachen die frühen niedrigen Temperaturen ihre Unterfangen und so fristete sie wieder ihr trostloses Dasein allein in dem geliebten Haus. Die Gerüchte brachen nicht ab, obwohl man Liesel kaum noch zu Gesicht bekam.

Aber das neue deutsche Geld war jetzt ein Zahlungsmittel, das ihr doch noch weiterhelfen sollte. Sie hörte sich unter anderem im Kollegenkreis ihres verstorbenen Mannes um und bot die Vermietung zweier Zimmer an.

Im Ort ging derweil die Kunde um, Liesel habe nun zwei Männer bei sich einquartiert und lebe mit denen in einem Haushalt zusammen, wie in einer wilden Ehe. Sie sahen, was sie sehen wollten: Ein verdorbenes Weib, das es ungeniert mit fremden Männern treibt.

Die Männer unterdes hatten tatsächlich zwei Zimmer in Liesels Haus bezogen. Einer der Herren wohnte im Obergeschoss und hatte das kleinere Zimmer des verstorbenen Sohnes bezogen und nutzte das im Erdgeschoß befindliche Bad und das Klo ebenso wie der andere, der das oben befindliche Elternschlafzimmer bewohnte. Der eine arbeitete in der Papierfabrik, der andere war ein pensionierter Polizist, dessen Frau bald danach mit einem behinderten Kind zuziehen wollte.

Liesel selbst war vorübergehenderweise in das im Erdgeschoß befindliche Wohnzimmer umgezogen. Sie betrieb mit den beiden Herren in gewisser Hinsicht eine Kleinstpension. Die Männer zahlten Miete und Liesel sorgte für Kost und Logis. Die monatlichen Mieteinnahmen und das Kostgeld reichten ihr für den eigenen, sparsamen Haushalt. Allerdings zog der Fabrikarbeiter aus und die Ehefrau des pensionierten Polizisten kam mit einem behinderten Kind dazu. Liesel zog darauf in das Dachgeschoss und überließ der kleinen Familie gegen Miete das Erdgeschoss.

Behördenkrieg

War Liesel wirklich eine untreue Ehefrau? Immerhin hatte Heinrich Gnädig immer zu seiner Frau gestanden. War das nicht eigentlich ein Hinweis auf Liesels Treue? Oder zeigte der kranke Gatte ein Übermaß an Toleranz seiner Frau gegenüber, um sie nicht zu verlieren? Nichts war gewiss; dafür gab es sehr viel Hörensagen. Kirchner kamen mehr und mehr Zweifel, denn solch einen Antrag wie vom Februar 1946, den Liesel mit seiner Hilfe gestellt hatte, erforderte ein Höchstmaß an Courage. Das traute sich kaum jemand unter den Frauen im Landkreis, die ein ähnliches Schicksal erlitten hatten und sich vermeintlich eines ehrenrührigen Verhaltens zu Kriegsgefangenen schuldig gemacht hatten. Und besonders die Fraternisierung mit Kriegsgegnern oder „Minderrassigen" galt auch noch lange Zeit bis nach dem Krieg als Tabu und als Verstoß gegen das Kriegsrecht. Liesel hatte mit ihrem Antrag also ein gehörige Portion Mut bewiesen, das war offensichtlich und verdiente seinen Respekt.

Für Kirchner gab es dafür nur zwei Erklärungen: Entweder entsprachen die Angaben der Frau absolut der Wahrheit und es hat nie geschlechtliche Beziehungen zu anderen Männern, zumindest nicht zu dem Polen, gegeben, oder sie zeugten von einem gewaltigen Maß an Dreistigkeit. Dazwischen schwankte er hin und her.

Und nun stand Liesel im November 1948 wieder vor seiner Tür und bat ihn um Mithilfe. Sie wolle einen Antrag stellen auf eine Geschädigten-Rente. Kirchner hatte ihr mittlerweile klargemacht, dass er nicht mehr genügend Einfluss habe und hatte sie gebeten, alles selbst in die Hand zu nehmen; dazu sei sie durchaus in der Lage.

Tatsächlich schritt sie dann selbst zur Tat; aber sie hatte dabei auch Glück mit dem Mieter. Der pensionierte Polizist, der nun in die untere Wohnung eingezogen war, kannte sich mit „Behördenkram" leidlich aus und gab ihr viele passende Tipps und Hilfestellung. Sie gab in dem Antrag an, wegen Umgangs mit einem Ausländer von der Gestapo in Schutzhaft genommen worden zu sein. Dann habe sie dreizehn Monate im Gefängnis und anschließend vierzehn Monate im Konzentrationslager verbringen müssen. Davon habe sie ein Unterleibsleiden und eine Herzschwäche zurückbehalten, so dass sie nicht mehr voll umfänglich einer beruflichen Tätigkeit habe nachkommen können.

Es dauerte fast ein halbes Jahr, die neue Bundesrepublik hatte sich inzwischen ein Grundgesetz gegeben, bis der Kreissonderhilfsausschuss antwortete und ihr mitteilte, dass man ihre Anträge noch einmal einer genauen Überprüfung unterzogen habe. Man habe dabei festgestellt, dass der „Ausländer" ja ein **Pole** gewesen sei. Die damalige Verhaftung und nachfolgende Inhaftierung sei mithin nicht politisch motiviert gewesen, denn *das Verbot des Umgangs mit Angehörigen eines Landes, welches sich mit dem eigenen*

Volk im Kriege befindet, in jedem Land der Welt und nicht nur im nationalsozialistischen Deutschland verboten gewesen sei.

Der Antrag werde deswegen abgelehnt.

Liesel ging zu Kirchner und überreichte ihm mit ruckartig ausgetreckter Hand und wütendem Blick das Schreiben. Als Kirchner das Schriftstück zu Ende gelesen hatte, stand ihm eine Mischung aus Verwunderung, Empörung und Entsetzen ins Gesicht geschrieben. Er ließ das Schreiben auf den Schreibtisch fallen und starrte seine Verwandte an, nahm es dann noch einmal zur Hand, starrte auf die Zeilen und ließ den Zettel auf den Tisch fallen.

„Sie leben noch," keuchte er.

„Die Geister des Nationalsozialismus haben in den Behörden überlebt, sie sind aus den Ruinen des Krieges gekrochen und haben sich mit ihren überlebenden Körpern in die Institutionen geschlichen. Unparteiische oder zumindest unvoreingenommene Beamte scheint es kaum zu geben. Hört das niemals auf?"

„Was meinst du Heinrich? Was soll ich tun?"

„Widersprechen! Das ist eine himmelschreiende Ungerechtigkeit, dagegen gilt es wehrhaft zu sein, sonst versumpft unsere Demokratie erneut!"

Er schrie es derart laut heraus, dass Liesel vor Schreck einen Schritt zurücktrat. Sie griff nach dem Schreiben und verließ den Raum. Kirchner blieb sprachlos und mit leerem Blick zurück.

Die bundesdeutschen Behörden brauchten ebenso Mitarbeiter wie im ganzen Land. In den späteren Wirtschaftswunderjahren wurden dann überall Arbeitskräfte gesucht, um das Land wieder aufzubauen. Aber wie der Körper seinen Geist mit sich führt, so verließen nicht alle Indoktrinationen und Prägungen des durch nationalsozialistische Propaganda irregeleiteten Geistes die Köpfe ihrer Träger, sondern sie trieben weiter ihr Unwesen in den ersten Jahren der jungen Demokratie. Und noch weit darüber hinaus.

Liesel bestritt in ihrer nachfolgenden Beschwerde, einen intimen Kontakt zu Michal K. gehabt zu haben. Sie habe ihn nur wie einen Menschen angesehen und sei ihm nur als Mitarbeiter bei der Feldarbeit begegnet.

„Einen anderen Umgang habe ich nicht gehabt und ist auch nicht von einem Menschen bewiesen worden", schrieb sie. Sie und ihr Mann, der gasverwundete Kriegsinvalide aus dem 1. Weltkrieg, seien große Kriegsgegner gewesen und sie hätten „keinen Hehl aus ihrer Auffassung gemacht. Es war unser aller fester Glaube, dass meine Verhaftung auf diese Tatsachen zurückzuführen war."

Kirchner hatte ihr schon vor Wochen geraten, die Strategie zu wechseln. Sie verlegte den Schwerpunkt daher auf das Thema „Kriegsgegnerschaft", um den „politischen" Aspekt zu betonen, und die angebliche Liebschaft mit Michal als Verleumdung darzustellen. Liesel musste kämpfen, die Strategie entsprach ihren Absichten. Aber Kirchner begann zu verzweifeln, auch seine Kraft war aufgebracht.

Die Dreistigkeit der Behörden, Geschädigten des nationalsozialistischen Regimes ihre gerechte Entschädigung zu verweigern, als sei es auch noch das eigene Geld der zuständigen Beamten, was durch die Ablehnungen eingespart wurde, machte ihn erst wütend, später gab er den Kampf sukzessive auf. Es ging nicht mit oder um Argumentation, sondern es war am Ende eine Frage, wer an den Hebeln der Macht saß, und wer Einfluss nehmen konnte.

Liesel lebte weitestgehend in ärmlichen Verhältnissen. Ihre Rente als Kriegerwitwe war nicht hoch. Die Mieteinkünfte halfen ein wenig, ermöglichten aber kein wirklich menschenwürdiges Leben. Aber sie wollte noch nicht aufgeben. Sie stellte darum, nachdem die Behörde lange nichts von sich hören ließ, gleich einen neuen Antrag auf Haftentschädigung. Wieder unterstützte der im Erdgeschoss wohnende Polizist Liesel bei der Formulierung ihres Widerspruchs.

Der Kreissonderhilfsausschuss holte sich derweil Amtshilfe beim Amtsgericht und beim Polizeiposten im Dorf, die daraufhin Ermittlungen anstellten und Bürger des Dorfes befragten, nämlich ob Liesel *tatsächlich wegen eines sexuellen Kontakts zu einem Polen verhaftet worden war und ob sie mit weiteren Männern Geschlechtsverkehr gehabt habe, ob ihr Leben überhaupt in sittlicher und moralischer Hinsicht einwandfrei gewesen sei?*

Die Stoßrichtung und Suggestivität der Fragen verriet den Geist und die Voreingenommenheit, die dahintersteckten. Und natürlich hatte Liesel im Dorf, selbst bei engsten noch lebenden Angehörigen, keinen guten Leumund.

Liesel sei von der Gestapo verhaftet worden und **schon vor der Festnahme des Polen** sei ihr Lebenslauf nicht einwandfrei gewesen, gaben die wenigen Befragten an. Bezeugen wollte aber niemand im Dorf die Taten, da sie eine Wiederaufnahme des Verfahrens wegen der Erhängung des Polen befürchteten. Die Beamten verzichteten auf eine Befragung der betroffenen Antragstellerin.

Die Behörde ließ sich mit der Beantwortung des Widerspruchs wieder lange Zeit und bestellte noch weitere Zeugen ein, die selbst nie etwas gesehen, aber vom unredlichen Lebenswandel der Gnädig gehört hatten und davon fest überzeugt waren. Liesel sei demnach nicht nur dem Polen, sondern auch anderen Männern hinterhergelaufen. In dem Zusammenhang erzählten einige der Befragten die Anekdote von dem Foto mit dem Zimmermeister.

Anfang August 1950 erhielt Liesel schließlich den Ablehnungsbescheid, dessen Kosten von 30 D-Mark Verfahrensgebühr sie als Antragstellerin zu tragen habe. Liesel erhob sogleich Einspruch beim Beschwerdeausschuss in Oldenburg, wurde auch dabei wieder nicht selbst angehört oder befragt. Sie weigerte sich die Verfahrensgebühr zu zahlen, nahm aber keinerlei schriftlichen Kontakt mehr zur Behörde auf.

Als der Beschwerdeausschuss einige Wochen nichts von sich hören ließ, kamen ihr jedoch Zweifel. Nach all den Erfahrungen mit staatlichen Organen, Ämtern und Behörden glaubte sie von da an nicht mehr an Gerechtigkeit. Sie nahm daher im November 1950 den Antrag zurück. Ihre finanziellen Mittel würden im Falle einer erneuten Niederlage nicht ausreichen, um eventuell anfallende Gebühren zu zahlen. Die lange Wartezeit auf die Antwortschreiben hatte sie zusätzlich zermürbt. Sie zog sich tief enttäuscht und verbittert zurück.

Liesel empfand den Umgang der Behörden mit ihren Anträgen wie eine Fortsetzung des Krieges mit anderen Mitteln. Und tatsächlich kam es noch schlimmer. Ein besonders geltungssüchtiger Sachbearbeiter im Kreisamt fand zwei Jahre später bei der Revision der Akten ihren Fall überprüfungswürdig. Im Zuge seiner Büroarbeit kam er schließlich zu dem Urteil, dass Frau Gnädig die über elf Monate gezahlte Entschädigung vom Juni 1948 bis April 1949 in einer Gesamthöhe von 159,50 D-Mark zu Unrecht bezogen habe. Ihr wurde eine Rückzahlungsaufforderung gesandt, wonach sie monatlich 10.- D-Mark zurückzahlen solle.

Die Nachricht mit der Rückzahlungsforderung traf Liesel wie ein Hammerschlag. Ihr Vertrauen in den neuen Staat war nun gänzlich aufgebraucht. Sie und ihr Mieter einte auf Grund des Umgangs mit ihr ein tiefes Misstrauen gegenüber behördlichen Institutionen.

Liesel lebte fortan völlig zurückgezogen im Obergeschoss ihres eigenen Hauses. Selten bekam man sie noch im Dorf, etwa bei Einkäufen, zu sehen. Sie blieb völlig unauffällig und erregte keinerlei Aufsehen mehr. Das Bild von der einstmals kecken, schlagfertigen und lebenslustigen Frau verblasste.

Sie wurde nach und nach zu einer Frau ohne Gesicht, von der es nun keine Fotos mehr gab, auch nicht solche, wie sie noch vor dem Krieg im Schaufenster eines Osnabrücker Fotografen gehangen hatten, nicht von der Zurschaustellung 1941 in Osnabrück, die leider nicht mehr auffindbar waren und wahrscheinlich der routinemäßigen Aktenvernichtung zugeführt worden waren. Es gab überhaupt kaum noch Dokumente zu ihrem Fall.

Etwa Mitte der 60-er Jahre bekam der pensionierte Polizist, der in Liesels Haus im Erdgeschoss noch immer zur Miete wohnte, behördlicherseits Besuch. Es wurde erfragt, wie viele Räume die Immobilien in den Gemeinden zur Verfügung hatten. Als der Beamte zu Liesels Wohnung hinaufsteigen wollte, wehrte der zuvor befragte Polizist ab und wies mit der Hand erst auf die ins Dachgeschoss führende Treppe und dann zur Haustür.

„Da brauchen´ se gar nich´ mehr raufzugeh´n."

Liesel war nicht zu Hause. Vermutlich war sie da bereits im Krankenhaus. Niemand wusste aus welchem Grund. Der Untermieter war auch nicht zu weiteren Auskünften bereit. Niemand wusste später Detaillierteres aus den letzten Lebensjahren des einstigen Springinsfelds zu berichten.

Vielleicht hatte sie über das Fernsehen, sofern sie einen Apparat besessen haben sollte, noch mitbekommen, dass Konrad Adenauer im April verstorben war, dass ein ehemaliges Mitglied der NSDAP als Bundeskanzler in einer Großen Koalition wirkte, vielleicht hat sie mit der Erschießung des Studenten Benno Ohnesorg noch die Anfänge der Außerparlamentarischen Opposition zu spüren bekommen, vielleicht hatte sie in der Tagesschau gesehen, dass Israel einen Sechs-Tage-Krieg gewonnen hatte, und vielleicht hatte sie noch verwundert auf die ersten Auswüchse der Hippie-Kultur geschaut und Musik der Beatles im Radio gehört und für sich gedacht, dass sie in einer falschen Zeit gelebt hatte.

Liesel verstarb am 1. Juli 1967 im Krankenhaus.

Danksagung

Diese kleine Novelle verdankt ihre Entstehung im Wesentlichen der Tatsache, dass altverdiente Mitglieder des Heimatvereins in Bissendorf, in erster Linie begründet in der Person von Manfred Staub, den Fall Bryk/Gräbig in den Jahren 2004 bis 2013 immer wieder aufgriffen und darüber berichteten, und in der Person von Thomas Grove, der 1999 den ersten Anstoß gegeben hatte und später als Geschichtslehrer MitschülerInnen eines Osnabrücker Gymnasiums für den Fall begeistern konnte.

Zu Dank verpflichtet bin ich meinen KollegInnen der Gruppe „Schriftrolle", dem Osnabrücker Historiker Heiko Schulze und dem Bissendorfer Künstler Thomas Stüke, die mich allesamt darin bestärkten, an der Novelle zu arbeiten, sowie meiner Tochter Anne, deren konstruktive Kritik geholfen hat, noch einigen Feinschliff vorzunehmen und meiner Schwiegertochter Irena, die mit ihren positiven Feedback und Korrekturlesen weiteren Schwung in das Verfassen der Novelle gebracht hat. Nicht zuletzt und besonders die Rückmeldungen von Uwe Schwindt und Wolfgang Meyer waren Motivationshilfe und Bereicherung zugleich. Ihnen gilt mein besonderer Dank!